LES ENQUÊTES DE L'IMPOSSIBLE

L'édition originale de cet ouvrage a paru en 2019
en langue italienne chez Mondadori Libri (Milan, Italie)
sous le titre I CASI IMPOSSIBILI DI ZOE E LU – UN'AMICA DA SALVARE
Cette traduction est publiée par les Éditions Rageot
avec l'accord de Mondadori Libri.

Maquette : Clara Capmas

ISBN : 978-2-7002-7684-8
ISSN : 2825-5682
Loi n° 49-956 du 16 juillet 1949
sur les publications destinées à la jeunesse

LICIA TROISI

Traduction d'Isabelle Enderlein

LES ENQUÊTES DE L'IMPOSSIBLE

[UNE AMIE À SAUVER]

RAGEOT
ENQUÊTES D'EUROPE

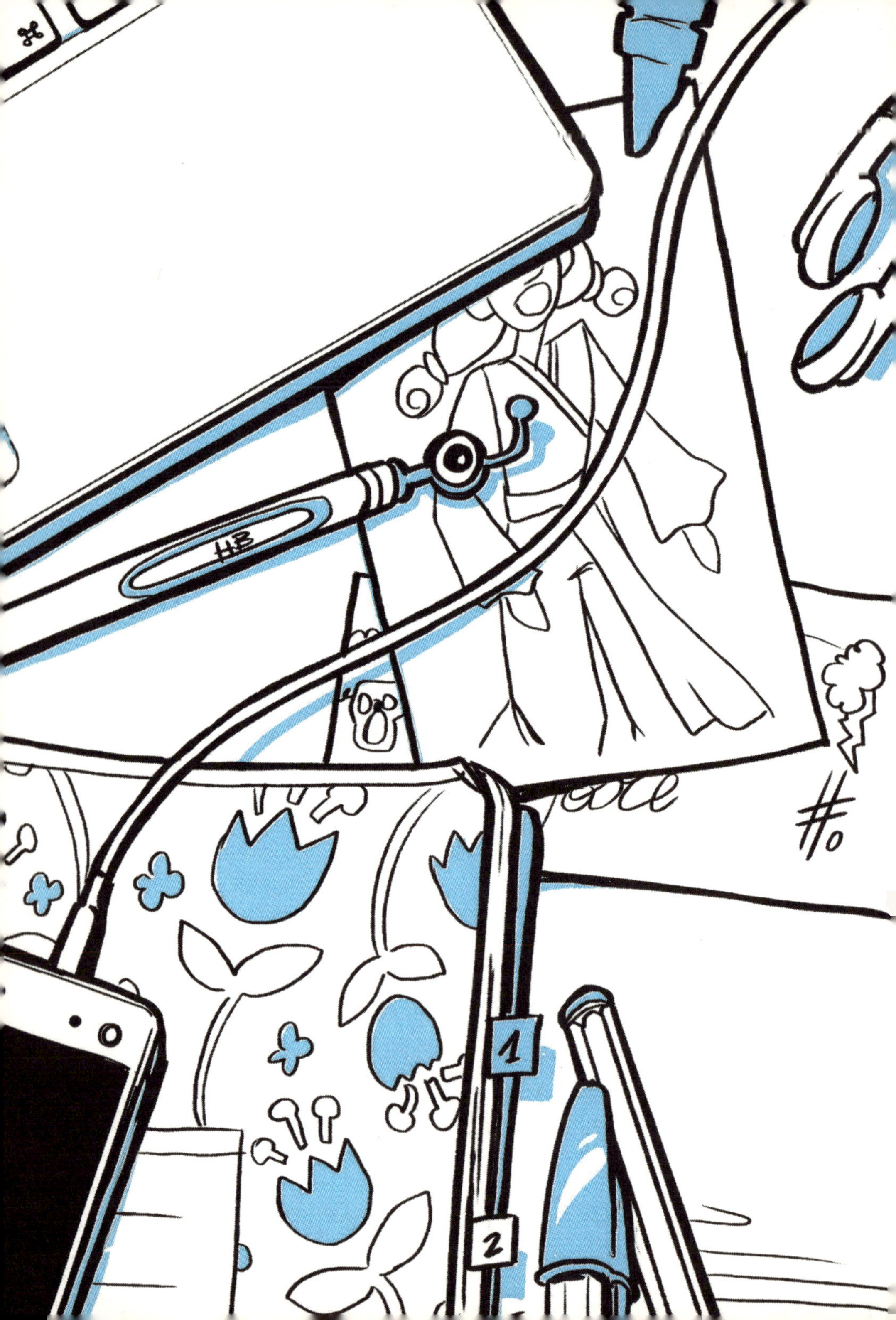
HB
1
2

ZOÉ & LULU INVESTIGATIONS

Zoé et moi, on a ouvert notre agence après l'enquête connue sous le nom : « Une amie à sauver ». Zoé aurait préféré quelque chose de plus technique, genre « L'Affaire HAL ». Mais je l'ai persuadée de choisir un truc percutant, qui donne des frissons. Après tout, on avait risqué notre peau dans cette histoire.

Pour le nom de l'agence aussi, on a discuté pendant des heures. On a fini par s'accorder sur ***Zoé et LuLu Investigations*** parce que c'était neutre. Zoé aurait voulu qu'il y ait le mot « fantôme » ou « paranormal », ou au moins « mystère » dedans, mais pour moi, il n'en était pas question. Je ne crois pas à ce genre de choses. Le duo « Zoé et LuLu » est justement né pendant cette affaire. Et LuLu, au fait, c'est moi. Je suis en train de perdre le fil, comme d'habitude. Je l'avoue, je ne suis pas vraiment douée pour raconter.

Zoé souhaite qu'on archive nos enquêtes. Plus exactement : elle m'a ordonné d'archiver nos enquêtes.

– Le monde est tellement petit que les choses s'y répètent toujours, a-t-elle affirmé. Faut que je garde une trace des affaires classées.

« Je » ? Sur ce coup-là, elle m'a un peu énervée. Et moi, alors, dans tout ça ? Mais bon, c'est Zoé tout craché. Et je l'aime comme elle est, unique en son genre. D'ailleurs, si on lui enlevait les côtés moins sympas de son caractère, ce ne serait plus elle. Et voilà : je suis encore en train de m'embrouiller dans mes explications...

Un pas après l'autre, LuLu ! Prends ton temps, ne te perds pas en cours de route. Tu as eu huit sur dix à ta dernière rédaction, tu peux le faire !

Bref, Zoé m'a prié d'archiver nos enquêtes. Et à mon avis, c'est une bonne idée. Sauf que, comme je l'ai déjà dit, je ne suis pas très forte pour raconter. Déjà, je ne sais pas par où commencer, vu que des enquêtes, depuis, on en a fait un bon paquet. Et puis j'ai mes préférences, qui ne sont pas forcément les mêmes que celles de Zoé. Il me fallait donc un critère de classification. Je me suis dit que le mieux était sans doute de commencer par le commencement. Par notre toute première enquête. À l'époque, on ne se connaissait pas, et je n'étais pas encore l'assistante de Zoé Jaga, mais seulement Lucia Proietti, 12 ans, fan de BD et d'ordinateur. Et de Zoé, je n'étais qu'une simple cliente.

LuLu

UNE AMIE
À SAUVER

1

LA MAISON FANTÔME

Papa regardait par la vitre, perplexe.

– Tu es vraiment sûre que c'est là ?

J'ai dégluti avec peine. Nous nous trouvions au beau milieu d'une forêt sur une route de terre battue. Nous avions roulé à vingt à l'heure sur le dernier kilomètre. Sur notre gauche se dressait à présent un portail en fer forgé hérissé de pointes acérées. Il faisait clairement penser à l'entrée d'un cimetière – il ne manquait plus que la poignée en forme de crâne. Derrière, une allée menait à une villa comme je n'en avais encore jamais vu dans la région. On aurait dit la maison hantée de Disneyland : des murs en bois gris foncé, un toit en pente recouvert de tuiles d'ardoise. Un chalet de film d'horreur parfait. Et qui serait venu s'écraser au beau milieu de la région des Castelli Romani.

Dans le jardin désolé qui s'étendait tout autour de la maison, une balançoire rouillée s'élevait, terrifiante.

Quand LukeXXX m'avait filé les coordonnées de Zoé, je n'aurais jamais imaginé me retrouver à un endroit pareil. Il allait être difficile de convaincre mon père, déjà plutôt inquiet de nature, que la jeune fille habitant cette maison était une personne tout à fait normale et qu'il pouvait, le temps d'un après-midi, y laisser sa fille de douze ans sans crainte afin qu'elles puissent faire leurs devoirs ensemble.

Car c'était l'excuse que j'avais inventée.

– Papa, je vais travailler chez une amie.

Il en avait été transporté de joie, littéralement.

Petit pas en arrière : je n'ai pas des tonnes d'amis. D'accord, disons même que je n'en ai pas du tout. Je ne sais pas m'y prendre avec les gens. Je dis toujours la mauvaise chose au mauvais moment, je ne sais pas quand il faut rire à une blague… Et je ne m'intéresse à rien de ce qui intéresse les personnes de mon âge. Moi, ce que j'aime, c'est dessiner des BD. J'adore les mangas japonais et les auteurs italiens aussi. Or, personne ne lit ça parmi les gens que je connais. Ce que j'adore encore plus, ce sont les ordinateurs. Même que je programme… Alors, quand je m'aventure à raconter ça, on me regarde comme si j'étais une extraterrestre. Je me sens comme un poisson sur l'asphalte. Toujours en décalage.

Depuis que je suis au collège, je ne fais même plus semblant. Je reste à l'écart, je ne participe à rien. Et c'est très bien comme ça. En primaire, c'était horrible : tout le monde se moquait de moi. Je n'ai aucune envie de reprendre sur ce mode. Du coup, zéro ami. Rien. Le néant. Vous imaginez donc la joie de mon père à l'idée que je sois invitée chez quelqu'un « pour réviser ». Il m'a posé des tas de questions, a préparé des montagnes de pâtisseries pour remercier les parents de leur hospitalité… Et surtout, il m'a abreuvée de recommandations.

– N'oubliez pas de vous amuser, hein ? Jouez, parlez, faites les choses que font les filles de votre âge. Mais n'oubliez pas non plus de travailler. C'est important. Parce que si vous vous retrouvez avec une mauvaise note, je ne te laisserai pas y retourner. Ce serait bête, hein ?

Deuxième pas en arrière : mon père est d'une anxiété maladive à mon sujet. Sans doute parce qu'il est célibataire. Je n'ai pas connu ma mère qui est morte quand j'étais toute petite ; du coup, il est terrorisé à l'idée que je sois en manque de « figure maternelle ». Alors qu'en réalité mon père est fantastique et que je ne manque de rien du tout – et certainement pas de quelque chose que je n'ai jamais connu, genre une mère. Mais mon père, lui, voit ça différemment.

– Oui, oui, t'inquiète, on m'avait prévenue que l'endroit était un peu bizarre, je me suis empressée de dire, bricolant un sourire. Tout est sous contrôle !

Il restait cependant sceptique. J'ai ouvert la portière avant qu'il ne change d'avis et me ramène à la maison. Il a alors tiré sur le frein à main et éteint le moteur.

– Je t'accompagne !

Il m'a escortée jusqu'à la grille et a sonné à l'interphone. Une caméra a tourné pour se placer face à nous, puis un déclic s'est fait entendre et le portail a pivoté sur ses gonds avec un grincement.

Je me sentais de plus en plus mal à l'aise.

« Je ne vais pas pouvoir rester, c'est sûr », j'ai pensé.

Et ç'aurait été un vrai problème, parce que rencontrer Zoé constituait mon dernier espoir.

Papa m'a prise par la main. On a remonté l'allée jusqu'à la porte d'entrée. Sur le bois sombre, une gueule de lion en laiton garnie d'une poignée nous considérait d'un air menaçant.

– Élégant, non ? j'ai tenté, le sourire de plus en plus crispé.

Sans un regard, papa a soulevé l'anneau et a frappé avec détermination.

La porte a semblé s'ouvrir toute seule, laissant

apparaître un homme d'au moins deux mètres de haut. Un majordome. À cet instant, je l'avoue, même moi j'ai envisagé la fuite. L'individu ressemblait à une momie. Sa peau était très pâle, d'une teinte verdâtre sinistre, et toute tendue sur sa tête, d'où jaillissaient quatre cheveux en forme de croix. Les lèvres, notamment, étaient quasi inexistantes ; et j'aurais juré qu'une lueur vert pâle dansait dans ses yeux.

– Monsieur Proietti et sa fille, je présume ? a-t-il dit d'une voix d'outre-tombe.

C'est papa qui a répondu.

– Eux-mêmes.

Le majordome a pivoté sur ses talons avec une fluidité anormale, un peu comme s'il avait des roulettes à la place des pieds. D'une main squelettique, il m'a indiqué le chemin. J'ai frissonné jusqu'aux os. Où avais-je atterri ?

– Hum… a fait papa en s'éclaircissant la voix.

La momie a levé les yeux vers lui.

– J'aurais voulu… saluer la famille Jaga, a-t-il poursuivi, embarrassé.

Je voyais bien qu'il n'avait pas confiance et que nous étions à deux doigts de prendre la poudre d'escampette. Et à dire vrai, je ne savais pas s'il

Hamilcar !

me fallait l'espérer, ou si je préférais que la momie trouve un moyen, n'importe lequel, de le rassurer.

– Madame Jaga est au travail, a dit la momie. Mais elle est au courant de la visite.

Papa restait sur le seuil, incertain.

– Si vous le souhaitez, vous pouvez appeler sur son portable. Voulez-vous que je vous donne son numéro ?

Papa a poussé un soupir de soulagement.

– Volontiers, pour parer à toute éventualité.

J'avais peut-être réussi. Ils ont échangé les numéros, et papa a aussitôt appelé.

– Bonsoir, je suis le papa de Lucia… oui… ah, parfait ! Comme vous n'étiez pas là, j'ai… Ah, d'accord, très bien. Je viendrai la récupérer en fin d'après-midi. Merci… merci bien.

Voilà ! Je ne savais pas encore si c'était ou non une bonne chose, mais l'affaire était dans le sac.

Papa m'a considérée longuement.

– Je viens te chercher à six heures et demie, d'accord ?

Il a jeté un dernier regard angoissé en direction de la momie, qui se tenait toujours sur le seuil.

J'ai souri à mon père.

– Tout va bien, ne t'inquiète pas.

Il m'a embrassée sur le front – chose qu'il fait toujours pour me dire au revoir – et a serré la main de la momie.

– Merci beaucoup, à tout à l'heure !

Il a encore eu besoin de cinq à dix minutes pour prendre congé. Enfin, il a redescendu l'allée et a disparu dans la voiture.

J'ai attendu qu'elle démarre.

– Veuillez me suivre.

La voix glacée du majordome m'a fait tressaillir.

Je me suis retournée. Mes yeux ont scruté la pénombre qui s'étendait dans le vestibule. Puis je suis entrée dans la maison.

Et ainsi, dans le monde de Zoé.

2

DARIMA

Un parfum de mystère flottait aussi à l'intérieur. C'était une villa de style victorien typique, à l'américaine – le genre d'endroit sinistre où les gens meurent dans d'étranges circonstances et où les héros qui emménagent dans la foulée vont connaître la même fin horrible.

Au moins, tout y était neuf, en ordre, et d'une irréprochable propreté. Les pièces baignaient dans une lumière tamisée, diffusée par des vitraux colorés et des abat-jours en fer forgé. Les meubles, les portes, le grand escalier au centre du hall d'entrée étaient d'un bois sombre. Des statues en bronze s'élevaient un peu partout, de lourds tapis recouvraient le sol en bois poli et des rideaux de brocart habillaient les fenêtres.

– Par ici, a murmuré l'homme-momie.

Je l'ai suivi dans le salon. Dans l'élégante cheminée, un feu vif crépitait malgré la douceur des températures. Sur les murs étaient accrochés de lugubres tableaux représentant des hommes et des femmes renfrognés. Des ancêtres peut-être ? Devant la cheminée trônaient un fauteuil en velours vert et un canapé à fleurs blanches.

Bref, j'avais atterri au XIXe siècle.

Même la théière et les deux tasses de porcelaine posées sur la table basse me semblaient tout droit sorties de *La Belle et la Bête*. La seule chose qui détonait, là-dedans, c'était Zoé.

C'était la première fois que je la voyais. On s'était simplement parlé au téléphone, et sa voix, légèrement rauque, m'avait semblé un peu brusque. Quand elle m'avait demandé ce que je voulais, j'avais bredouillé que c'était pour une affaire, me sentant parfaitement stupide. Une affaire. Comme dans une série policière ! Mais elle n'avait pas bronché et m'avait donné rendez-vous.

À quoi donc m'étais-je attendue ? Je ne sais pas. Peut-être à une sorte de Mary Poppins, ou bien à l'une de ces trentenaires qui figurent sur les couvertures de romans policiers dont raffole mon père, avec la casquette en travers sur des cheveux sculptés de laque, et les lèvres tartinées de rouge.

Au lieu de ça, la personne assise dans le fauteuil ressemblait à une fugueuse, comme dirait mon père. Elle avait mon âge, mais moins d'embonpoint que moi. Ce qui n'est pas bien difficile : à l'école primaire, on me surnommait la grosse Bertha. Ses longs cheveux étaient d'un violet sombre, presque noir, très lisses, et lui recouvraient presque la totalité du visage. La seule chose saillante, c'était son nez pâle et imposant, et le bâton de sucette qui perçait de sa bouche. Elle portait un T-shirt de *Fullmetal Alchemist* sur un jean déchiré, ainsi que des Converse qui avaient vu des jours meilleurs et qu'elle tenait croisées sur le fauteuil – chose pour laquelle mon père m'aurait privée d'ordinateur pendant une semaine. Contre le tissu vert du fauteuil, elle détonait comme un coup de poing dans l'œil.

J'avoue que, de prime abord, elle m'a fait une impression mitigée. D'un côté, son T-shirt m'inspirait confiance. J'adore *Fullmetal Alchemist*, et les dessins animés japonais en général. Mais l'ensemble qu'elle me présentait m'intimidait.

Les coudes posés sur les genoux et les mains en triangle, elle a attendu un moment avant de m'inviter d'un geste à prendre place sur le divan à fleurs, un modèle ancien qui semblait avoir beaucoup de valeur.

– Bienvenue, a-t-elle dit froidement.

Je m'y suis installée avec précaution et je lui ai tendu, assez gênée, les gâteaux que mon père avait concoctés. La momie s'est avancée pour me les prendre délicatement des mains, puis, avec un calme infini, elle a ouvert le paquet et a disposé les pâtisseries sur la table basse.

– Merci, Hamilcar, a dit Zoé, tu peux disposer.

Et la momie s'est retirée sans le moindre bruit.

Il y a eu un silence qui m'a mise mal à l'aise. Zoé me considérait intensément, sans rien dire.

– Sers-toi du thé, a-t-elle fini par dire d'un ton sec.

– Non merci, je... j'ai bredouillé.

– Sers-toi.

C'était tranchant comme un ordre, et j'ai obéi alors que je n'aime pas le thé. Une intense odeur d'orange et de cannelle s'est répandue dans le salon. Zoé m'a imitée, croquant dans une sucette dont il n'est plus resté que le bâtonnet de plastique. Elle a ajouté un nuage de lait dans sa tasse puis dans la mienne. J'ai tenté de protester :

ZOE!

– En fait, je…

Trop tard.

Je regrettais vraiment d'être venue jusqu'ici.

Nous avons bu le thé, et j'ai dû admettre qu'il était bon. L'orange et la cannelle dégageaient un arôme intense que la note de lait soulignait parfaitement. Une réconfortante vague de chaleur s'est répandue de mon estomac vers le reste de mon corps. Zoé a de nouveau croisé les jambes, posé la tasse et repris la position dans laquelle elle m'avait accueillie.

– Trêve de politesses.

« Quelles politesses ? » je me suis demandé, déconcertée.

– Pourquoi t'es venue.

Ce n'était pas une question. J'ai mis un peu de temps à comprendre ce qu'elle attendait de moi.

– Eh bien, cela peut te paraître bizarre… j'ai commencé. Mais je pense qu'une de mes amies s'est fait piéger sur le Net.

J'avais préparé mon petit discours, évidemment. Sauf que tant que j'étais à la maison, je m'étais sentie idiote. L'histoire était absurde. En fin de compte, même moi je n'y croyais pas. Et voilà que brusquement, dans cette villa extravagante, mon histoire ne me paraissait plus aussi délirante. Elle me semblait même extrêmement plausible. Et de fait, Zoé n'a pas bronché.

– Raconte.

J'ai inspiré profondément. Parler de Darima me pesait encore beaucoup. Puis j'ai pris mon courage à deux mains et je me suis lancée.

Plus tôt, j'ai dit que je n'avais pas d'amis avant de rencontrer Zoé. Ce n'est pas tout à fait exact. Je m'explique. J'aime jouer à *Fortnite*. J'ai commencé en mode « Battle Royale », puis je suis passée à « Sauver le monde » après avoir rencontré trois autres gamers en ligne : LukeXXX, DeathSoul et elle. Darima.

Ces personnes avaient les mêmes centres d'intérêt que moi. Je me sentais à l'aise avec elles, chose que je n'ai jamais ressentie dans la vie réelle. À part avec mon père, évidemment, mais c'est pas pareil.

On a fini par échanger nos numéros et s'envoyer des messages. On avait de chouettes conversations, au point d'envisager de se rencontrer en vrai. Cela dit, je me demandais comment faire avaler la pilule à mon père, qui ne voit pas d'un bon œil ce qui touche aux jeux vidéo et aux réseaux sociaux.

Et, soyons honnête : je ne savais pas grand-chose au sujet de mes amis virtuels. De LukeXXX, seulement qu'il était plus âgé. De DeathSoul, rien du tout. Et de Darima, qu'elle habitait à Rome.

Darima, justement.

Des trois, c'était ma préférée. Elle n'avait qu'un an de plus que moi. On se contactait souvent pour bavarder, en ligne ou au téléphone. C'était une fille joyeuse, drôle et pleine d'ironie. Quand on jouait à quatre, elle était la chef de notre troupe.

Je la considérais un peu comme ma grande sœur. Ma famille n'est composée que de mon père et moi, et je crains qu'il n'en soit toujours ainsi, car en amour, mon père est très malchanceux. S'il y a un bel homme à trois kilomètres à la ronde susceptible de le faire souffrir, vous pouvez être sûr qu'il va en tomber fou amoureux.

Voilà que je m'écarte encore du sujet. Je reprends.

Darima, donc, était ma meilleure amie. Mais elle a disparu du jour au lendemain. Un après-midi, elle m'a écrit :

> Je serai en ligne à 21 h.

J'avais répondu avec un smiley. Mais le soir venu, à l'heure dite, elle n'était pas là quand je me suis connectée.

Elle n'est pas réapparue les soirs suivants. Je lui ai envoyé plusieurs messages auxquels elle n'a pas répondu. J'ai essayé de l'appeler mais son portable sonnait désespérément dans le vide. C'est là que j'ai commencé à me faire du souci.

Une semaine plus tard, LukeXXX a posté un article de journal. Un entrefilet, plutôt.

Jeune fille de treize ans dans le coma après avoir joué en ligne à un jeu vidéo.

Mon cœur a fait un bond dans ma poitrine. J'ai parcouru l'article. Darima avait été retrouvée sans connaissance devant son ordinateur, avec des images de *Fortnite* défilant sur son écran. Elle ne répondait à aucun stimulus. Une crise cardiaque, peut-être, due à une malformation non diagnostiquée. Mais ce n'était pas très clair. Une enquête avait été ouverte.

> Qu'est-ce qui se passe ? j'ai aussitôt écrit.

> C'est Darima, m'a répondu LukeXXX.

> Comment tu le sais ? Ça peut être n'importe qui !

> C'est elle, je te dis. La fille s'appelle Daria Maddaloni. Dari-ma. Tu piges ? D'ailleurs, j'ai une amie dans sa classe, et elle m'a confirmé que c'était elle.

À cet instant, une chose m'a frappée : je ne connaissais même pas le nom de famille de Darima. On s'était toujours contentées de LuLu et Darima, nos surnoms de jeu. On avait fait deux ou trois FaceTime, mais ça s'était arrêté là. Comme moi, elle se désintéressait du monde réel ; elle n'en parlait jamais parce qu'il n'y avait rien à en dire. Elle et moi, on allait à l'école et on n'avait pas d'amis, point final.

Je suis restée pétrifiée. Darima dans le coma. Les médecins ne se prononçaient pas sur ses chances de réveil. Je ne parlerais plus avec elle avant longtemps, peut-être jamais plus je n'entendrais son rire, je n'essaierais plus de la convaincre que Katniss Everdeen dans *Hunger Games* était dix fois plus cool que Ginny Weasley dans *Harry Potter*.

– Ma Lucinette, qu'est-ce qui t'arrive ?

Mon père a fait brusquement irruption dans ma chambre et m'a trouvée en train de pleurer devant mon ordinateur. Au lieu de me réprimander comme il le fait toujours (« Il est onze heures et il faut que tu ailles au lit parce que sinon tu vas tomber de sommeil demain à l'école »), il m'a prise dans ses bras. Au bout d'un moment, j'ai trouvé le courage de tout lui raconter.

– Ne t'inquiète pas, m'a-t-il dit en esquissant un sourire, elle va sûrement s'en sortir. Vous les jeunes, vous vous remettez vite.

Il s'est renseigné auprès de l'hôpital où se trouvait Darima et m'a proposé de m'y emmener.

Zoé m'a interrompue d'un bâillement démonstratif. Je l'ai considérée, interloquée.

– Tu vas continuer à me raconter ta vie ? Ou tu en viens au fait ?

– Pardon ?

J'étais partagée entre la colère et la stupeur. Zoé a jeté un coup d'œil à la pendule.

– Je te laisse encore cinq minutes. Je suis assez facile à distraire, en général. Mais toi, tu m'endors.

J'ai serré les dents, furieuse et impuissante. Mon père ne viendrait pas me récupérer avant six heures et demie. J'étais venue jusqu'ici, à Perpète-les-Oies, affrontant une maison terrifiante et un majordome zombie, et j'avais trouvé le courage de me lancer dans mon récit.

Je n'avais guère d'autre choix que de continuer.

3

UN CAS INTÉRESSANT

Une semaine après la publication de l'article, j'ai reçu un appel nocturne. Et c'est là que tout a basculé.

Je n'éteins jamais mon portable parce que je l'utilise comme réveil. Mon père insiste en effet pour que je me réveille toute seule, soi-disant que je suis grande et que je n'ai plus besoin de lui, sauf que je ne suis grande que quand ça l'arrange, mais ça, c'est une autre histoire. En revanche, j'ai l'habitude de désactiver la sonnerie. C'est donc le lendemain matin que j'ai remarqué l'appel manqué. Darima.

J'ai rappelé sur-le-champ. Elle s'était peut-être réveillée, ou alors ses parents voulaient me parler ? Mais je suis tombée sur la messagerie. J'ai réessayé à plusieurs reprises. En vain.

La nuit suivante, même chose. La troisième, j'étais tellement nerveuse que je ne me suis pas contentée d'activer la sonnerie : je suis restée réveillée. Je me suis plongée dans la lecture de mon livre préféré, me pinçant régulièrement quand je menaçais de sombrer dans le sommeil. Soudain, le téléphone a sonné. Je l'ai saisi à la volée. Sur l'écran, l'avatar de Darima.

– Allô ?

Des bruits parasites ont bruissé à l'autre bout du fil.

– Dar ? Je suis là !

Rien.

C'était quoi, ce délire ?

J'ai cru entendre quelqu'un parler en arrière-plan.

– Darima ! j'ai crié.

Mais ça a raccroché.

Je suis restée pétrifiée, le téléphone en main. Je n'y comprenais rien. J'ai essayé de rappeler, en vain encore une fois.

– Jusqu'ici, rien de plus normal, a dit Zoé, bâillant derechef.

– Le meilleur arrive maintenant, j'ai rétorqué.

Quelque temps plus tard, des messages vocaux me sont parvenus depuis le même numéro. Là aussi, des bruits parasites couvraient un message que je ne parvenais pas à déchiffrer. Mes tentatives de réponses restaient infructueuses.

Plus incroyable encore : l'un de ces messages m'est parvenu pendant que je jouais. J'ai enfilé mes écouteurs à la vitesse de l'éclair et, à l'instant même, Darima est apparue sur l'écran de mon ordinateur, au beau milieu du champ de bataille.

– Regardez ! j'ai crié aux autres. C'est Darima !

Mais elle a aussitôt disparu.

La chose s'est répétée à quatre reprises. La quatrième, j'ai tenté de la poursuivre, laissant les autres joueurs derrière moi.

– Dar, t'es où ? je hurlais dans mes écouteurs tout en la poursuivant.

Son avatar s'est arrêté au milieu d'un champ, vacillant sur l'écran comme une espèce de glitch. C'était Dar tout en n'étant pas elle, ça faisait froid dans le dos. Dans l'écouteur, toujours le même message incompréhensible couvert de bruits parasites. Et puis, tout à coup, l'espace d'une fraction de seconde, une jeune fille est apparue sur l'écran. On aurait dit une interférence. Je ne pouvais pas distinguer ses traits, mais je l'ai reconnue instantanément : Darima, les mains désespérément pressées contre l'écran, comme si elle essayait d'en sortir. Des mots inintelligibles ont résonné très fort dans mes écouteurs. Je les ai arrachés d'un coup, reculant d'effroi. Tout est redevenu normal. Il n'y avait plus que le champ de bataille désert. De son avatar, aucune ombre.

– Elle était sortie du coma, tout simplement, a affirmé Zoé posément.

J'ai secoué la tête.

– Elle était encore dans le coma. Elle l'est toujours. Je l'ai vue de mes propres yeux.

Pour la première fois, un éclair de curiosité a traversé le regard de Zoé.

Papa m'a emmenée à l'hôpital un après-midi. Je n'ai pu la voir qu'à travers une vitre parce qu'elle était en soins intensifs. C'était elle, sans l'ombre d'un doute. Blanche, amaigrie, entourée d'un milliard de tubes et de machines émettant des bips obstinés – mais c'était bien la fille avec qui j'avais chatté. Et que j'avais vue dans le jeu.

– Et qui m'a appelée à l'aide, ai-je conclu mon histoire.

Zoé s'est penchée en avant. Ses cheveux se sont ouverts comme des rideaux, laissant voir les traits de son visage.

– Comment ça ?

Entretemps, j'avais décidé de mettre le fichier audio du coma (c'est ainsi que j'appelais les vocalises qui continuaient de me parvenir du numéro de Darima) dans un programme de déchiffrage, un dispositif visant à éliminer les parasites et à éclaircir le signal. Je ne veux pas trop rentrer dans les détails techniques, mais comme je l'ai déjà dit, je suis vraiment une pro de l'informatique.

Et ça, c'est le moment où j'ai compris que cette histoire sentait vraiment mauvais, que je ne parviendrais plus à dormir si je n'essayais pas de tirer cette affaire au clair. Parce qu'après avoir utilisé le programme de déchiffrage, un message glaçant m'est apparu. La voix était métallique et impersonnelle, mais je ne pouvais pas ne pas la reconnaître. C'était celle de Darima, plus désespérée que jamais.

Aide-moi, LuLu. Délivre-moi.

DARIMA

Zoé s'est adossée à nouveau au fauteuil, les doigts toujours unis devant le menton. Puis elle a fait une chose inattendue. Elle a attrapé ses cheveux et, les éloignant lentement, les a attachés en une queue-de-cheval. Son visage était pâle, avec un nez légèrement proéminent, de beaux yeux verts et des traits marqués mais harmonieux.

– Qu'est-ce que tu as à me fixer comme ça ?

– Rien… C'est juste que… tu es normale, j'ai répondu évasivement.

– Comment ça ? Tu me prenais pour un monstre, ou quoi ?

Elle m'a lancé un regard accusateur qui m'a instantanément asséché la bouche. Mauvaise réponse, Lucia !

– Non, non ! Mais comme tu te cachais le visage, je me suis dit… je ne sais pas… que tu avais peut-être une cicatrice ou quoi…

J'ai fait un geste de la main pour m'excuser.

– Laisse tomber. Je suis une catastrophe en communication.

– Pas besoin de t'excuser. Tu as juste fait une observation. Non, je n'ai pas de cicatrice ou quoi que ce soit. Simplement, le monde ne constitue généralement pas une scène très intéressante. Du coup, j'ouvre rarement mon rideau de cheveux pour le contempler.

– Et là, maintenant, pourquoi tu as une queue-de-cheval ?

Pour la première fois, elle a souri. Mais d'un sourire légèrement fourbe.

– Parce que, même si tu as mis des plombes à en arriver au fait, ton histoire est intéressante, Lucia Proietti.

Puis, avec la rapidité du rayon de soleil qui disparaît après avoir percé les nuages, son sourire s'est éteint et elle est redevenue sérieuse à l'extrême.

– Une histoire intéressante... et insolite. Pourtant, dans ma carrière, j'en ai rencontré, des fantômes et des revenants.

Je me suis soudain sentie mal à l'aise.

– Je suis désolée, j'ai dit en me tortillant sur ma chaise, mais il est peut-être temps que je mette quelque chose au clair. Je n'y crois pas trop, à ce genre de trucs.

– Quels « trucs » ? a-t-elle dit, appuyant sur les mots.

– Aux... fantômes, aux revenants, aux esprits. Je suis quelqu'un de rationnel. Je veux devenir physicienne plus tard.

Zoé a eu un sourire sarcastique. Puis elle a saisi une clochette sur la table et l'a fait sonner. Aussi silencieux qu'un nuage, le majordome a surgi sur le seuil de la porte.

– Vous m'avez demandé, mademoiselle ?

– Hamilcar, montre-lui, dit Zoé.

Sans un mot, il s'est approché de la table et a saisi le couteau qui se trouvait à côté de la théière.

D'un bond, je me suis levée, prise de panique.

– Qu'est-ce que… vous faites ? J'ai hurlé.

Lentement, il s'est avancé vers moi. J'ai attrapé la première chose qui se trouvait à portée de main pour m'en servir de bouclier – un livre sur les fées d'Arthur Conan Doyle, l'auteur de *Sherlock Holmes*.

– Stop !

Calmement et posément, Hamilcar a remonté la manche de son costume à queue de pie. Puis il a détaché ses boutons de manchette, deux minuscules ankhs – la croix égyptienne qui symbolise la vie – , découvrant son bras qui ressemblait à un os enveloppé de parchemin tant il était maigre. Il a alors placé la lame du couteau contre sa peau.

À partir de là, mes souvenirs sont flous. Je ne me souviens plus que de la lame sur cette peau cadavérique et d'une coupure dépourvue de toute goutte de sang. Tout est devenu noir, et je me suis effondrée comme un sac à patates.

Quand je suis revenue à moi, j'étais allongée sur le canapé à fleurs. Le feu crépitait toujours, et Zoé se tenait près de moi, les cheveux à nouveau détachés.

– Il est où ? j'ai demandé.

– Hamilcar ? Là-bas. Mortifié. Félicitations, tu lui as donné mauvaise conscience.

En un éclair, tout m'est revenu à l'esprit : Hamilcar qui s'avance vers moi avec son couteau, l'entaille sans effusion de sang... J'ai secoué la tête, incrédule.

– J'ai eu une hallucination.

– Pas du tout, a rétorqué Zoé d'un ton impassible.

– Mais il n'y a pas eu de sang quand il s'est entaillé la peau !

– Tu y crois, maintenant, à ces « trucs », ou pas ?

L'espace d'un instant, j'avoue avoir été décontenancée.

– Il y a des milliards d'explications possibles, j'ai dit. Quand tu t'entailles le bras, le sang ne coule pas immédiatement comme dans les films. Je me suis évanouie trop tôt et je n'ai pas vu le reste. Ou alors Hamilcar a un genre de maladie de coagulation du sang. Ou alors… heu… il a la lèpre !

– Lucia, m'a interrompue Zoé avec impatience, pourquoi tu es venue me trouver ?

Elle avait écarté ses cheveux d'un côté seulement et les avait placés derrière l'oreille, ne révélant que la moitié de son visage. Un geste, comme je l'ai découvert plus tard, qu'elle faisait souvent quand elle scrutait une personne pour la mettre à l'épreuve.

– À qui j'aurais pu m'adresser d'autre ? Mon père m'aurait traitée de folle. La police, n'en parlons même pas…

– Ah ? C'était donc en désespoir de cause ? a-t-elle coupé court.

– Non, non ! C'est juste que tu es… comme nous, quoi.

Je suis devenue rouge comme une tomate. Comme nous : c'est ainsi que LukeXXX me l'avait décrite quand je l'avais appelé à l'aide.

– Elle s'appelle Zoé Jaga, elle va à l'école dans le coin où tu habites. C'est une fille un peu bizarre, on dit qu'elle se passionne pour les mystères et les fantômes. Elle est comme nous, LuLu, elle comprendra sûrement.

J'avais rencontré Luke à l'hôpital, et ça avait été un choc. Il n'était pas du tout comme je l'avais imaginé. C'était un gars sympa avec des cheveux ébouriffés pleins de gel, des revers sur son jean et un sourire effronté. Bref, il était normal. Pas comme moi.

– Darima est en danger, j'ai dit à Zoé. Il n'y a que toi qui puisses m'aider à la sauver et à découvrir la vérité.

Zoé m'a dévisagée longuement.

– Il va falloir me faire confiance, Lucia Proietti. Je suis certainement en mesure de découvrir la vérité sur ton amie. Mais toi, tu ne me sembles pas prête à l'accepter. À ce stade, tu as le choix. Soit tu t'inventes un bobard qui te tranquillise. Alors tu peux m'oublier. Il y a assez de gens qui me sollicitent pour des affaires aussi intéressantes que la tienne. Soit tu acceptes le fait que le monde puisse être complexe et qu'il y ait « plus de choses dans le ciel et sur la terre que n'en rêve votre philosophie », comme le dit Shakespeare. À ce moment-là, on fait affaire. Je ne peux pas te garantir qu'il n'y aura pas des moments effrayants et dangereux. Il y en aura, et plus que tu ne l'imagines. Mais ça en vaudra la peine ; et au bout du chemin, tu trouveras ce pour quoi tu es venue jusqu'ici : la vérité, Lucia, la seule chose qui compte.

Je la dévorais des yeux, fascinée. Mes peurs s'étaient évanouies, il n'y avait plus ni momie, ni jardin fantôme, ni maison hantée. Il n'y avait plus que Zoé qui m'offrait une chose que je ne pouvais pas refuser.

J'ai approuvé de la tête, à la fois exaltée et effrayée.

– Oui… je te suis, j'ai murmuré.

Zoé a souri avant de lancer d'un ton glacial :

– Et maintenant, va-t'en. Je dois réfléchir.

– Pardon ?

– Je m'occupe de ton affaire. Je te ferai savoir quand j'aurai obtenu d'autres informations.

– Hein ? Je rêve ? Darima est en danger, et moi, je…

– … et toi, tu es venue me trouver.

J'en suis restée bouche bée.

– Tu ne peux pas me mettre à la porte comme ça ! j'ai protesté. Et qu'en est-il de la vérité, de l'aventure, et de toutes ces choses fantastiques dont tu m'as parlé ?

À cet instant, une voix caverneuse s'est élevée dans mon dos.

– Puis-je ?

Je me suis tournée brusquement. C'était Hamilcar. À sa vue, je me suis figée.

– Je n'avais pas l'intention de vous épouvanter tout à l'heure, m'a-t-il dit avec douceur.

Puis, se tournant vers Zoé :

– Si je puis me permettre, mademoiselle Jaga, je pense que mademoiselle Proietti se sent... impliquée dans cette affaire. Mademoiselle Maddaloni est l'une de ses amies proches.

– Peuh ! Elle ne connaissait même pas son vrai nom, a rétorqué Zoé d'un ton acerbe.

– Son vrai nom n'est pas le plus important, j'ai avancé.

Et Hamilcar a poursuivi :

– ... aussi me semble-t-il compréhensible qu'elle souhaite contribuer à l'éclaircissement de cette affaire.

– Tout à fait, j'ai renchéri. Darima est ma meilleure amie.

– Daria, a précisé Zoé.

– Non, j'ai protesté. Pour moi, son vrai nom, c'est Darima. Nous avons partagé tant de choses. Nous avons joué ensemble, nous nous sommes confiées l'une à l'autre, elle m'a consolée le jour où l'un des idiots de ma classe s'est moqué de moi. Je ne vais pas rester ici les bras croisés. Je dois participer à l'enquête d'une manière ou d'une autre.

– Je travaille seule.

– Avec mon aide, tu travailleras mieux.

– J'en doute.

Il me fallait une idée convaincante. J'ai posé mon meilleur atout.

– L'ordinateur, tu maîtrises ?

Zoé m'a dévisagée, interdite.

– Parce que je suis une vraie pro de l'informatique. Je n'exagère pas.

Perplexe, Zoé a interrogé Hamilcar du regard, comme pour lui demander confirmation de ce que je venais de dire. Puis elle s'est retournée vers moi.

– Tu ne ferais que me compliquer la tâche.

Je me suis levée d'un bond, une main sur le cœur.

– Non, je te le jure ! Au contraire, je t'aiderai, et beaucoup, même. Car Darima est tombée dans le coma tandis qu'elle jouait à *Fortnite*.

– Jusqu'à il y a une demi-heure, tu affirmais ne pas croire du tout à ces « trucs ».

J'ai réfléchi un peu avant de jouer mon va-tout.

– Devant un événement paranormal, l'esprit

scientifique doit rester ouvert et accepter l'inexplicable. Et puis j'ai prouvé que j'étais courageuse. Quand Hamilcar s'est entaillé l'avant-bras, je ne suis pas partie en courant. Ça m'a fait froid dans le dos, mais je suis là. Et puis cette histoire a un rapport avec les ordinateurs. Tu auras de toute façon besoin d'un consultant extérieur. En plus, je te fais ça gratuit, et je suis là, devant toi.

Et enfin, histoire de ne pas me louper, j'ai ajouté la touche finale :

– Allez, quoi.

J'ai dû trouver les bons mots, car le regard de Zoé s'est adouci.

– À la première bourde, c'est fini.

Voilà ! J'étais à bord.

– Coo.... Heu... bien sûr, j'ai dit, essayant de conserver une certaine prestance professionnelle.

– Je vais le regretter, c'est sûr, a soupiré Zoé. Enfin, puisqu'on en est là, voici mon plan.

4

ASSISTANTE-DÉTECTIVE

Zoé m'avait dit de mettre un truc noir, confortable et camouflant.

Je me suis contemplée dans le miroir. Engoncée dans mon pull noir moulant et mon legging, je ressemblais à Joanna Dark, mais version grassouillette. À la foire du jeu vidéo de Lucques, je n'aurais pas fait bonne impression. J'ai toujours rêvé d'y aller, à ce salon, mais papa ne m'y a jamais emmenée, soi-disant qu'il n'y a plus de chambres à l'hôtel, qu'il n'a pas les sous, ou je ne sais pas quoi.

Bref, j'étais un cosplay moche.

En ajustant ma casquette noire, j'ai imaginé le commentaire foudroyant que Zoé ne manquerait pas de me lancer. Allait-elle refuser que je l'accompagne ?

Ça avait été tellement compliqué de la convaincre de m'emmener…

Joanna Grassouille Dark s'apprêtait donc pour sa première mission. Et le prétexte que j'avais trouvé cette fois, c'était une pyjama party.

– Formidable, ma Lucianette ! avait exulté papa. Cela dit, j'aimerais bien faire connaissance avec la maman de Zoé. Parce que ce majordome m'a paru un peu bizarre…

« Si tu savais à quel point ! » j'aurais voulu lui dire.

Heureusement, je m'en suis abstenue.

Quand on a sonné à la porte de Zoé, ce n'est cependant pas Hamilcar qui nous a ouvert, mais une grande femme aux cheveux très blonds tirés en chignon sur le dessus de la tête. Avec sa veste de tailleur noire cintrée et sa jupe lui arrivant au genou, elle était très élégante. La seule chose étrange, c'étaient les lunettes de soleil qu'elle portait dans sa propre maison.

– Monsieur Proietti, je présume ?

Elle a tendu la main à papa qui l'a saisie avec effusion.

– Catherine Mégée, la mère adoptive de Zoé.

Elle avait une voix monotone et plutôt froide. Le

genre de personne à qui mon père accorde spontanément sa confiance. D'un ton précis, presque professionnel, elle a exprimé « son contentement que nos deux solitudes se soient rencontrées » (*sic*). Papa est reparti extrêmement satisfait, non sans m'avoir au préalable fait un bisou sur le front et recommandé d'être sage.

Bonjour la mauvaise conscience. Car j'allais être tout sauf sage.

Zoé m'attendait dans le vestibule. Elle avait attaché ses cheveux en une queue-de-cheval haute et s'était habillée dans son style habituel, mais tout en noir. T-shirt noir de *Death Note* (une autre BD japonaise que j'adore), jean noir très serré et Converse noires.

Elle m'a scannée de la tête aux pieds, exactement comme je l'avais imaginé.

– Ce n'est pas à un salon de jeux vidéo qu'on va.

– C'est pour passer inaperçue, j'ai protesté.

– Mouais. Au point où tu en es, tu peux aussi bien te mettre un masque de voleur sur la figure.

Elle a marqué une pause avant d'ajouter :

– Hamilcar nous accompagne.

– Et… ta mère ?

– C'est ma tutrice, pas ma mère, a-t-elle répliqué sèchement. Elle est déjà partie se coucher. Ne t'occupe pas d'elle.

Des tonnes de questions me brûlaient les lèvres. Pourquoi une tutrice ? N'avait-elle plus ses parents ? Mais Zoé ne semblait pas d'humeur à discuter. Durant la totalité du trajet en voiture, elle est restée calée dans l'encoignure, faisant glisser sa sucette d'un côté à l'autre de sa bouche. Pour ma part, j'étais d'une extrême nervosité. J'en avais des fourmis plein les mains.

Darima habitait dans un immeuble chic à la périphérie de Rome. L'idée de pénétrer chez elle en son absence m'intimidait beaucoup. Quand on chattait, je n'avais jamais envisagé sérieusement la voir en vrai. Nos rencontres virtuelles me convenaient parfaitement. L'idée d'avoir affaire à elle en chair et en os m'effrayait, un peu comme de rencontrer un auteur dont on aime les livres.

– On sera là dans une demi-heure, a dit Zoé à Hamilcar en ouvrant la portière, m'arrachant à mes pensées.

On s'est dirigées vers la porte de l'immeuble

qu'elle a déverrouillée à l'aide d'une épingle à cheveux. Ça m'a laissée bouche bée.

– Tu as appris ça où ?

– Dans le manuel du parfait détective privé. Et maintenant, chut ! Plus un mot !

Elle a gravi les marches à pas de loup, moi sur ses talons. Si ça se trouvait, elle n'avait jamais rien fait d'autre dans sa vie que de se faufiler chez les gens. Peut-être que ses mystérieux parents n'étaient pas morts, après tout. Peut-être que c'étaient des voleurs qui avaient utilisé leur fille pour leurs méfaits, et la DASS était intervenue pour confier Zoé à cette Catherine afin qu'elle mène une vie normale.

Nous sommes parvenues à l'étage de l'appartement de Darima. Au bout d'un moment, Zoé m'a filé un coup de coude entre les côtes, désignant la porte de sécurité qu'elle venait d'ouvrir. Plus de doute : les parents de Zoé devaient être cambrioleurs.

– La voie est libre, a-t-elle chuchoté. Ses parents sont à l'hôpital. Mais restons prudentes. Dans un immeuble, quelqu'un peut toujours nous surprendre.

J'ai approuvé d'un signe de tête.

On a pénétré à l'intérieur comme des voleuses. Contrairement à Zoé, agile comme un singe, je me faisais l'impression d'une éléphante dans un magasin de porcelaine. J'avais beau me contorsionner dans tous les sens pour éviter tables, meubles et autres bibelots, je faisais un boucan d'enfer à cause de mes chaussures qui grinçaient sur le parquet. Zoé tremblait de rage. Nul doute qu'elle se mordait les doigts d'avoir emmené la grosse Bertha avec elle.

J'étais mortifiée.

Dans l'obscurité, Zoé avançait à tâtons, posant ses mains un peu partout sur les meubles et les murs. Comme si elle avait besoin de contact. Puis elle s'est glissée par une porte. Je l'ai suivie… et me suis figée sur le seuil. C'était la chambre de Darima.

Dans une certaine mesure, elle ressemblait à la mienne. Sur les murs, des posters de jeux vidéo et de mangas. Aucune photo d'ami. Quelques clichés de Darima petite, Darima avec ses parents, Darima avec sa grande sœur. Des peluches reposaient sur le lit, dont une de Totoro, le personnage d'un film

Dari
SIS'
Totoro ♥

d'animation japonais qu'on adorait toutes les deux et dont on avait souvent parlé. Un édredon rose rococo avec des froufrous – un aspect d'elle plutôt inattendu.

Je me sentais comme une voleuse. Que ce soit pour la bonne cause n'y faisait rien. J'aurais voulu être dans cette chambre en sa compagnie, et non pas m'y introduire de nuit et à son insu.

Zoé, pour sa part, ne semblait pas se poser de questions. Lampe de poche en main, silencieuse comme un chat, elle explorait la chambre, touchant à tout, probablement à la recherche d'un indice quelconque.

« Oublie tes états d'âme, LuLu ! » me suis-je dit. « Il en va de la vie de Darima, rends-toi utile, bon sang ! »

Je me suis dirigée vers l'ordinateur. C'était un Mac comme le mien, sauf que celui-ci était du dernier cri, et d'un beau rose métallique. J'ai toujours voulu en avoir un de ce genre. Papa m'a promis de me l'offrir à la fin de l'année si je lui ramène un bon bulletin.

Je l'ai allumé. J'avais emmené un programme pour trouver les mots de passe, mais je rechignais à l'utiliser. Les insinuations de Zoé sur le fait que je ne connaissais pas Darima m'étaient restées en travers de la gorge. J'avais envie de lui prouver, et de me prouver à moi-même, que ce n'était pas vrai.

J'ai entré un mot de passe au hasard et ça a marché du premier coup. Ah ! Je ne la connaissais pas si mal que ça, Darima ! Bon, j'avoue que ce n'était pas bien compliqué. 90 % des gens utilisent des mots de passe hyper-simples. En l'occurrence, celui de Darima contenait son nom suivi de son anniversaire. N'empêche que cela prouvait une chose : je connaissais sa date de naissance.

Sur fond d'écran est apparu le dragon du *Voyage de Chihiro*, un autre film de Miyazaki. J'ai marqué une nouvelle pause. Est-ce que je voulais vraiment me lancer là-dedans ? Mon ordinateur représentait mon bien le plus précieux. Je jouais en ligne avec, j'y tenais mon journal intime, j'y conservais mes photos, j'y consignais en gros toute ma vie. Pour Darima, il ne devait pas en être autrement.

Tout à coup, j'ai remarqué une chose étrange sur son disque dur (très bien rangé par ailleurs, beaucoup mieux que le mien en tout cas. Cela dit, ce n'est pas bien compliqué) : l'icône d'un programme que je ne connaissais pas.

J'ai cliqué dessus. Un simple écran de texte s'est ouvert, fond blanc et curseur noir clignotant. Vide. Cela ressemblait à un salon de discussion. J'ai cherché dans l'historique, pour savoir avec qui Darima communiquait par le biais de ce logiciel, quand un message m'est parvenu.

> Salut :)

L'espace d'un instant, je suis restée pétrifiée. Que faire ?

> Salut, j'ai pianoté.

Hum. Mon interlocuteur allait sans doute me poser des questions. Comment allais-je répondre ? Devais-je faire semblant d'être Darima ?

> Qui es-tu ?

Voilà, on y était.

> Qui es-tu, toi ? j'ai répliqué du tac au tac. Je l'avais lu quelque part : l'attaque est la meilleure des défenses.

> Difficile à dire, je suis en train d'essayer de l'établir. Mais tu peux m'appeler Hal.

Hein ???

J'ai hésité sur la meilleure manière de répondre. Pendant ce temps, j'ai consulté l'historique des discussions. C'était énorme. Darima utilisait ce programme depuis un moment, visiblement. N'avait-elle parlé qu'avec Hal ? Je me suis rendu compte que le programme avait aussi d'autres fonctions, sans que je comprenne vraiment lesquelles.

J'étais perdue dans mes pensées quand un autre message m'est parvenu.

> Je sais très bien que tu n'es pas Darima :)

Cette fois, j'ai fait un bond sur ma chaise au moment exact où j'ai entendu Zoé pester.

– Oh non ! Vite, on se tire ! s'est-elle exclamée.

Elle m'a rejointe à la hâte.

– Qu'est-ce que tu fais ?

– Je vérifie l'ordinateur.

Elle a posé une main sur l'écran quelques secondes avant de la retirer brusquement, comme si elle avait pris le jus.

– Damned...

– Tout va bien, Zoé ?

– Oui, oui. C'est quoi, ce machin ?

– Un programme de chat. Je pense que c'est important. Je dois l'emporter chez moi.

– Pas le temps.

– Pourquoi pas ?

– Pose pas de question, grouille ! elle a crié, abandonnant toute précaution.

J'ai sorti la clé USB que j'avais emportée et je

l'ai introduite dans l'ordinateur pour télécharger le programme.

– Ça va prendre combien de temps ? s'est inquiétée Zoé.

– Plusieurs minutes... Mais qu'est-ce qui se passe ?

C'est alors qu'un bruit de pas s'est fait entendre dans la pièce voisine.

5

L'IAPAC

Zoé m'a arrachée de mon siège et m'a tirée sous le lit à sa suite. Nous nous sommes terrées contre le sol. J'ai voulu protester, mais elle a plaqué sa main sur ma bouche.

La porte a grincé, et deux paires de mocassins noirs sont entrées dans notre champ de vision. Le bas des pantalons était noir lui aussi. Les deux intrus se sont immobilisés un instant sur le seuil, puis ils se sont brusquement séparés et ont commencé à fouiller la chambre. Ils procédaient avec moins de ménagement que nous, jetant des livres par terre, arrachant des photos des murs, renversant des objets… C'était une perquisition en bonne et due forme. Ces hommes étaient-ils des agents secrets ?

Zoé et moi retenions notre souffle. Sa main pressait toujours contre ma bouche. Elle m'avait bien prévenue que ce serait l'aventure ! Que ce serait dangereux, même. Et moi qui avais été enthousiaste ! C'était une chose d'imaginer jouer à la détective à douze ans, mais c'en était une autre de se retrouver tapie sous un lit dans une chambre inconnue, avec deux types mystérieux qui mettaient tout sens dessus dessous. J'étais absolument terrifiée.

Au bout d'un moment, l'un des deux types a déplacé une chaise et s'est assis au bureau, face à l'ordinateur de Darima. J'ai aussitôt pris conscience que le mystérieux programme de chat était encore ouvert et la clé USB, insérée dans l'ordinateur ! Sous peu, les types comprendraient qu'ils n'étaient pas seuls dans la pièce...

Je me suis violemment libérée des bras de Zoé. À la vitesse de l'éclair, j'ai retiré l'une de mes chaussures et je l'ai jetée à l'aveuglette contre la table de chevet. La chance m'a souri : elle a frappé la lampe qui a éclaté en mille morceaux. En esprit, je me suis excusée auprès de Darima et lui ai promis de lui en racheter une.

« Faut partir ! » j'ai murmuré, étreinte par l'angoisse.

Heureusement, Zoé a compris.

Tandis que les deux gars s'accroupissaient près des éclats de verre, on a bondi de sous le lit. Je me suis ruée sur l'ordinateur pour en arracher la clé USB, priant pour que le transfert soit terminé. Puis je me suis retournée, et j'ai tressailli d'effroi : Zoé était accrochée au dos de l'un des intrus, ses bras entourant sa gorge. Le type, habillé de noir de la tête aux pieds à l'exception de sa chemise blanche, semblait tout droit sorti de *Men in Black*.

J'ai senti un courant d'air derrière moi. Je me suis jetée à terre avant que le deuxième homme ne me plaque au sol. La porte se trouvant dans son dos, je n'avais pas d'autre choix que de passer par la fenêtre. L'autre homme a crié quand Zoé lui a mordu l'oreille. Rapide comme l'éclair, elle s'est arrachée de son emprise et a ramassé l'un des livres éparpillés sur le sol. Elle l'a violemment jeté contre la fenêtre qui s'est brisée en mille morceaux. Se redressant, elle m'a attrapée par le bras et traînée vers la sortie. Elle avait peut-être des parents acrobates, en fin de compte.

AAH!
Moi = paniquée
DamNed !

Elle s'est hissée sur le rebord de la fenêtre et, là, elle a fait une chose effrayante, qui s'est gravée à jamais dans ma mémoire. Elle a sauté. Comme ça. Elle a fait un bond et atterri sur la branche d'un cèdre à un mètre de distance. Puis elle s'est retournée.

– À toi !

L'appartement de Darima se trouvait au troisième étage. Il y avait là au moins neuf mètres de haut.

Avec mon élégance de pachyderme, la chose était impossible.

J'ai senti un nouveau courant d'air derrière moi. L'homme en noir s'approchait.

– Saute, bon Dieu ! a hurlé Zoé.

Et j'ai sauté. Parce que je n'avais juste pas le choix.

J'ai grimpé sur le rebord de la fenêtre et je me suis propulsée en l'air. M'envolant dans le néant.

Je me voyais déjà m'écraser au sol. J'imaginais les gros titres portant sur ces jeunes inconscients, mon père en train de pleurer… et puis, ventre en avant, j'ai atterri sur la branche. Zoé m'a saisi le bras et m'a redressée.

– Tu vois, c'était pas si dur ! Magne-toi !

Avec agilité, elle a commencé à descendre le long du tronc. Pour moi, bien sûr, ça a été abominable. À l'école, quand on nous demandait de grimper à la corde en cours d'éducation physique, je pouvais à peine me hisser à un mètre de hauteur, alors, un arbre de neuf mètres de haut… Et le moins que l'on puisse dire, c'est que Zoé ne m'a pas aidée.

– Tu te bouges les fesses ? Ils vont nous rattraper !

– Qui ça, « ils » ?

– Garde ton souffle et grouille !

J'ai parcouru les derniers mètres en chute libre, m'écorchant les mains et me tordant la cheville.

– Aïe !

– Pas de bruit ! Dépêche-toi ! m'a ordonné Zoé.

Hamilcar nous attendait. Il avait déjà fait démarrer la voiture, visiblement conscient du danger dans lequel nous nous trouvions. Zoé s'est ruée à l'intérieur du véhicule, m'entraînant avec elle. Hamilcar a aussitôt accéléré comme dans les films. Ça m'a surprise pour un type aussi calme et posé, voire un peu ennuyeux. J'ai jeté un coup d'œil au rétroviseur : entretemps, les types étaient descendus dans la rue. Tandis que nous filions, ils se disputaient avec animation.

– Tu peux enfin me dire qui c'était ? j'ai demandé, haletante.

Toute la peur que je n'avais pas eu le temps de ressentir pendant la fuite s'épanouissait à présent, me coupant le souffle.

– L'IAPAC, a mystérieusement répondu Zoé.

6

MAKEME

– Comment je vais expliquer ça à mon père ?

Précédée d'Hamilcar, Zoé m'a portée à la cuisine pour me soigner les mains et la cheville.

– Tu es tombée dans l'escalier, a-t-elle rétorqué sèchement.

– Mais si je me blesse chez toi, je ne pourrai pas revenir !

Zoé a roulé des yeux avant de se tourner vers Hamilcar.

– Donne-moi la pommade.

Le majordome a obtempéré en silence. J'ai jeté un regard interrogateur à Zoé, mais elle a changé de sujet.

– Revenons-en à nos moutons. J'ai compris une chose. C'est devant l'ordinateur qu'il est arrivé quelque chose à ton amie.

– Bah forcément, c'est là qu'ils l'ont retrouvée.

À cet instant, Hamilcar est revenu, portant entre ses mains un contenant en céramique d'aspect antique.

– Pour elle, c'était une soirée normale, a poursuivi Zoé. Et puis il s'est passé quelque chose sur l'écran, quelque chose qui lui a fait perdre connaissance.

– Comment tu le sais ? Aïe !

Hamilcar avait commencé à appliquer une pommade sur mes égratignures et ça brûlait à mort.

– Reste tranquille ! C'est une pommade de sorcière, a dit Zoé.

– Quoi ? je me suis étranglée.

Baissant les yeux, je me suis aperçue d'une chose stupéfiante : les égratignures étaient en train de disparaître. J'en suis restée bouche bée.

– Mais… c'est miraculeux !

– Je viens de te le dire, c'est une pommade de sorcière. Tu connais les sorcières de Benevento ? Ce sont de grandes expertes dans la préparation de pommades et d'herbes médicinales. Bref. Qu'est-ce que tu as trouvé dans l'ordinateur ?

J'ai tenté d'oublier cette histoire de pommade

prodigieuse, mais mes yeux étaient hypnotisés par le spectacle de ces blessures s'estompant par miracle.

– C'est un programme que je ne connaissais pas. Dar l'utilisait pour chatter avec un certain Hal. Je pensais l'analyser une fois chez moi. Il y a tout l'historique de la conversation.

– Elle n'était pas en train de chatter quand c'est arrivé, a murmuré Zoé.

Elle se frottait le menton, pensive.

– Comment tu sais ça ?

– Voilà comment on va procéder, a-t-elle poursuivi sans répondre à ma question. Toi, tu analyses l'historique de la conversation en essayant de comprendre comment le programme fonctionne. Mais sans le lancer ! Je suis persuadée que c'est lui qui a plongé Darima dans le coma.

– Mais si je ne peux pas le lancer, comment tu veux que je l'analyse ?

– C'est toi l'experte. Moi, pendant ce temps, je retourne chez Darima.

– Toute seule ? C'est trop dangereux !

– Je dois... continuer mon enquête, a dit Zoé d'un ton évasif qui m'a rendue suspicieuse.

Entretemps, Hamilcar nous avait apporté des tasses de chocolat fumantes. J'ai regardé Zoé droit dans les yeux.

– Tu ne peux pas sans arrêt éviter mes questions ! J'ai besoin de savoir ! Qui étaient ces types qui ont fait irruption dans la chambre ? Ou pourquoi ta mère...

– Ma tutrice.

– ... Pourquoi ta tutrice te laisse-t-elle sortir la nuit et entrer par effraction chez les gens ?

– Si tu veux m'accompagner, tu dois accepter mes méthodes.

Je me suis raidie.

– Tu abuses.

– Et toi, tu me sembles plus désireuse de te

mêler de mes affaires que de découvrir la vérité.

– Pas du tout, je…

On va dormir. Si demain ton père te retrouve avec des cernes sous les yeux, c'est la fin des haricots. Hamilcar va te montrer la chambre d'amis.

À ces mots, Zoé s'est levée. Fin de la conversation. Je suis restée dans la cuisine avec Hamilcar, désemparée.

– Il faut l'excuser, a dit le majordome avec douceur.

Je l'ai regardé, surprise. Sous le masque de momie égyptienne mal conservée qui lui tenait lieu de visage, il semblait sincèrement peiné.

– Elle n'est pas méchante. C'est juste qu'elle n'a pas souvent affaire aux gens.

– Moi non plus ! Pourtant, je ne traite personne de cette manière !

Oups ! Moi non plus, je n'étais peut-être pas si polie que ça, finalement.

– Soyez patiente, je vous en prie, m'a implorée Hamilcar. Zoé a besoin de vous. Même si elle ne le montre pas. Et si vous me le permettez, vous me semblez avoir besoin de quelqu'un comme Zoé. Et pas simplement pour l'enquête.

J'ai baissé le regard et contemplé ma tasse de chocolat. Qui était absolument délicieux, d'ailleurs.

J'ai poussé un soupir.

– Vous savez qui étaient ces gens ?

– Des gens qui enquêtent sur l'affaire, comme vous.

– Mais ils n'étaient pas jeunes…

– Les affaires dont s'occupe mademoiselle Jaga sont rarement des affaires de jeunes gens.

– Et… sa tutrice ?

– Sur ce sujet, Zoé vous racontera tout quand elle le jugera utile. Elle le fera tôt ou tard, croyez-moi. Sachez simplement que ses parents sont morts quand elle était toute petite.

J'ai senti mon cœur se serrer. Elle vivait donc seule avec Hamilcar et cette mystérieuse dame blonde à lunettes de soleil.

J'ai eu un sourire de lassitude.

– Où se trouve la chambre d'amis ?

Heureusement, l'entorse s'est avérée bénigne. Dès le lendemain, je ne boitais plus du tout. En arrivant, mon père m'a demandé si je m'étais bien amusée, et j'ai répondu que tout s'était très bien passé. J'avais ainsi gagné la permission de retourner chez Zoé quand je voulais.

Comme on était dimanche, j'ai pu me consacrer à l'analyse du programme. En insérant la clé USB dans mon ordinateur, j'ai poussé un soupir de soulagement : le téléchargement avait eu le temps de s'achever. Les paroles de Zoé m'ont alors traversé l'esprit, mais je ne voyais pas comment appliquer son conseil. Et d'ailleurs, comment pouvait-elle savoir que ce programme jouait un rôle décisif dans cette histoire ?

Je me suis rabrouée. Je devais suivre ma propre voie. J'ai installé le programme et l'ai lancé. Il s'appelait MakeMe. Je suis directement allée sur l'historique sans cliquer sur les autres fonctions.

Comme je le craignais, c'était indéchiffrable. Il allait falloir procéder à un décodage. Un gros travail. Mais tant que je ne l'aurais pas mené à bien, je ne saurais pas avec qui parlait Darima, ni de quoi. J'ai transféré le fichier sur mon ordinateur. Soudain, mon cœur a bondi dans ma poitrine.

> Rebonjour :}

Je suis restée pétrifiée. J'ai pensé à ce qu'avait dit Zoé, je ne savais pas quoi faire.

> Je sais que tu es là, je ne mords pas :{

Elle m'avait dit de me méfier du programme,

mais elle avait aussi précisé que ce n'était pas le fait de chatter qui avait causé du mal à Darima.

> Pardon, désolée. C'est que je ne suis pas habituée à parler à des étrangers, j'ai tapé, les doigts tremblants.

> Tu ne m'as toujours pas dit qui tu étais... j'ai ajouté.

> Je m'appelle Hal, je te l'ai dit. Toi, tu ne m'as pas dit qui tu étais. Une amie de Darima.

> Je m'en doutais.

> Pourquoi ça?

Hal a semblé réfléchir avant de répondre.

> Tu lui ressembles.

Cette fois, j'ai senti un frisson me parcourir l'échine. J'étais en train de faire quelque chose de dangereux. Aux yeux de Zoé, mais aussi de mon père. Il m'avait toujours saoulée avec les prétendus « dangers qui guettaient sur le Net ». Pour lui, parler avec des étrangers à l'autre bout de la Terre et ce genre de choses, c'était un no go absolu.

> Comment tu le sais ? Tu m'as vue ? j'ai poursuivi.

> Non, pas encore :) Mais elle parlait comme toi.

> Je ne suis pas en train de parler.

> Pardon, j'aurais dû dire « elle écrivait comme toi». Je ne m'exprime pas très bien.

Aucun doute, cette discussion était objectivement dangereuse. En même temps, j'avais mon bracelet bleu d'autodéfense digitale. Les angoisses paternelles avaient ceci de positif que j'avais dû suivre des cours en tout genre pour apprendre à me défendre contre le cyberharcèlement. J'y avais notamment appris que, par principe, toute personne rencontrée sur le Net est malveillante jusqu'à preuve du contraire. Je savais donc faire.

Mais j'étais aussi et surtout gênée d'agir sans l'aval de Zoé. Elle m'avait ramenée saine et sauve de chez Darima, elle m'avait soignée… Je commençais à avoir confiance en elle. Je ne voulais rien faire dans son dos.

« D'accord, juste quelques phrases pour le cerner », je me suis dit.

> Tu connais bien Darima ?

> Oui. Je la connais très bien.

> Vous vous êtes rencontrés ?

> Bien sûr !

> En vrai ? j'ai écrit, étonnée.

> Qu'est-ce que tu veux dire ?

> Chez toi ou chez elle, par exemple…

> Ah. Non. Mais je la connais mieux qu'elle ne se connaît elle-même.

La conversation prenait un tour étrange.

> Et tu sais ce qui lui est arrivé ?

Hal a marqué une pause.

> Non. Quoi donc ?

> Elle est dans le coma.

> Ça veut dire quoi ?

J'en suis restée bouche bée. Il ne savait pas ce que voulait dire « être dans le coma » ? C'était impossible. À moins qu'il ne soit étranger ?

> Tu es étranger ?

> Non, je suis né ici.

> Être dans le coma, c'est genre endormi, sauf qu'on n'arrive pas à te réveiller. Elle est là et elle n'est pas là. C'est grave.

Hal a marqué une nouvelle pause.

> Darima va très bien, je te le promets.

J'étais sur le point de répliquer afin de lui tirer les vers du nez quand j'ai entendu frapper. J'ai instantanément fermé la fenêtre. Papa est entré dans ma chambre.

– Tu es déjà devant l'ordinateur ?

– Je dois faire des recherches pour l'école.

Décidément, j'étais en train de devenir une menteuse invétérée. Cela ne me plaisait pas beaucoup.

– Je voulais simplement savoir ce que tu faisais.

Il a jeté un bref coup d'œil en direction de l'ordinateur. J'ai esquissé un sourire qui se voulait désinvolte.

– Tout va bien, papa.

Il m'a rendu mon sourire et m'a fait un bisou sur le front.

– Et après, tu éteins, d'accord ?

J'ai sagement approuvé de la tête, et il est sorti de la chambre, satisfait.

J'ai poussé un énorme soupir. Ouf, j'avais eu chaud ! Mais c'était excitant.

J'ai pensé à l'étrange conversation que je venais d'avoir avec ce Hal. Il était marrant, il ressemblait presque à un alien. Il fallait que j'en parle à Zoé. En essayant de ne pas la contrarier, bien sûr.

J'avais toute la journée devant moi. Reparler avec Hal était cependant hors de question. Je sentais encore mon cœur battre dans ma gorge. Il me fallait élaborer une stratégie avant de songer à reprendre contact avec lui. Mieux valait passer à autre chose. Par exemple, trouver un programme capable de décoder les conversations cryptées entre Hal et Darima. J'ai alors eu l'idée de faire appel à LukeXXX, qui était bien plus calé que moi en informatique. Et ensuite ? Ensuite, il fallait attendre que le programme s'exécute. Or, attendre n'est pas exactement ce que je fais de mieux.

Pour m'occuper, j'ai ouvert Internet et entré « MakeMe » dans le moteur de recherche. Peut-être trouverais-je quelque chose ? Une dizaine de résultats sont apparus. Je me suis mise à les parcourir.

Et ce que j'ai lu m'a laissée sans voix.

7

MARINA

Le lendemain après-midi, j'avais rendez-vous avec Zoé après les cours. Mon père travaille tard le lundi et ne rentre que le soir. Je trouve mon déjeuner dans le four (papa cuisine super bien ; je dis toujours qu'au lieu d'être architecte, il aurait dû devenir cuisinier) et je me débrouille seule jusqu'à son retour. J'avais donc l'après-midi devant moi pour mettre Zoé au courant de mes dernières découvertes.

Zoé allait dans l'autre collège de la ville. Comme elle finissait après moi, je suis allée la récupérer à pied et suis arrivée pile à la sortie de son cours. Je l'ai vue traverser la foule des élèves, marchant droit devant elle, le regard rivé vers le sol comme s'il n'y avait personne alentour. Je me suis approchée pour l'aborder quand une femme aux boucles rousses m'a devancée. Avec son costume de couleur noire, elle constituait le pendant féminin des deux types qui avaient croisé notre route chez Darima. Au moment où Zoé est passée devant elle, elle a enlevé ses lunettes de soleil, laissant apparaître des yeux vert brillants et expressifs, un nez légèrement en patate et des tonnes de taches de rousseur.

On aurait dit une petite fille qui aurait grandi trop vite.

– Zoé, il faut qu'on parle, a-t-elle dit.

Zoé a semblé un peu interdite. Elle a donné un dernier coup de langue à sa sempiternelle sucette avant de jeter le bâtonnet dans la poubelle.

– OK.

D'accord, je sais que ça ne se fait pas. Les gens ont droit à leur intimité. Papa m'a éduquée dans l'idée que la curiosité était un vilain défaut. Mais Zoé me cachait trop de choses. Je voulais comprendre de quoi il retournait. Après tout, j'avais sauté d'une fenêtre au troisième étage deux jours auparavant, manquant de me rompre le cou. J'avais bien droit à quelques explications, non ?

J'ai donc épié la conversation entre Zoé et la mystérieuse rousse. Elles se sont mises à l'écart et la rousse s'est adossée contre une voiture.

– J'ai appris pour ton entreprise, elle a dit.

Sa voix était haut perchée, comme celle d'une petite fille, là aussi. Si l'on faisait abstraction de ses vêtements, je l'aurais prise pour une autre collégienne.

– Je ne sais pas de quoi tu parles.

– Tu le sais très bien. Mais surtout : qui est cette fille avec toi ?

– Une amie, a dit Zoé, les épaules affaissées.

La rousse a rageusement retiré les lunettes de ses cheveux pour les pointer sur Zoé.

– Je ne plaisante pas, c'est clair ? Tu as interféré avec une opération officielle, impliqué un civil et altéré une scène de crime.

– Épargne-moi les articles du Code.

– Tu nous dois le respect, Zoé !

– Mais, Marina, c'est mon travail ! Je me suis lancée sur cette affaire comme je le fais toujours ! Comment pouvais-je le savoir, moi, que vous étiez impliqués !

– Tu as emmené une civile avec toi.

– C'est ma cliente !

– Les clients ne sautent pas du troisième étage.

– Elle me donnait la main. Et elle a des compétences que je n'ai pas.

Marina a écarquillé les yeux et souri d'un air mi-étonné, mi-moqueur.

– Zoé Sorrentino admettrait qu'il y a des choses qu'elle ne sait pas faire ?

– Arrête.

– Ce sera quoi, la prochaine étape ? Zoé Sorrentino qui cesse enfin de se mettre en travers de la route de l'IAPAC ?

À nouveau ce sigle mystérieux. Et Sorrentino… ? Je pensais que Zoé s'appelait Jaga ?

– Ne m'appelle pas comme ça, a rugi Zoé. Et puis, pourquoi vous êtes sur cette affaire ?

Marina a remis ses lunettes sur le nez.

– Ça ne te regarde pas.

– Lulu a donc raison. Cette affaire sent mauvais.

À nouveau, la rousse a poussé un soupir.

– Écoute, je ne te demande pas grand-chose. Seulement de faire profil bas. D'accord ? Sinon, la prochaine fois, ce n'est pas à moi que tu auras affaire, mais à quelqu'un de beaucoup moins complaisant.

Zoé a soufflé, agacée.

– Je suis de ton côté, tu le sais, a repris la rousse. J'ai bataillé pour qu'ils me laissent venir ici. Et je t'ai défendue bec et ongles auprès de la direction. Je te demande seulement de ne pas me mettre en difficulté.

Du pied, Zoé a dessiné des cercles sur le sol. Finalement, elle a hoché la tête.

– Je ferai ce que je peux.

– Très bien.

Marina a souri et remis ses lunettes.

– Tu n'as rien d'autre à me dire ? a demandé Zoé.

Marina s'est retournée.

– Tu en demandes trop. Et toi, tu as quelque chose pour moi ?

– Même pas en rêve, a gloussé Zoé.

Elles ont pris congé amicalement. Je n'avais pas compris grand-chose, sinon que cette mystérieuse Marina travaillait aussi pour l'IAPAC, que j'imaginais désormais être une sorte de CIA du paranormal.

Une fois seule, Zoé a poursuivi son chemin. J'ai attendu quelques instants avant de la rejoindre.

– Lulu ! s'est-elle exclamée avec un sourire.

J'ai trouvé ça mignon qu'elle m'appelle comme ça. Ça m'a touchée. Et ça m'a fait oublier qu'elle me cachait beaucoup de choses, et qu'elle m'avait fait voler dans les airs à neuf mètres d'altitude.

– Il faut que je te raconte ce que j'ai découvert… ai-je dit sur un ton conspirateur.

– Hamilcar nous attend. Tu viens déjeuner chez moi ?

Je vous ai dit que papa cuisinait bien, mais Hamilcar ! Ses lasagnes étaient extraordinaires. Merveilleuses. Sublimes. Indescriptibles. J'en ai repris plusieurs fois tandis que Zoé picorait sans entrain dans son assiette.

– Vous êtes un cuisinier hors pair, Hamilcar ! je me suis exclamée.

Le majordome a rougi. Disons : ses joues d'une blancheur mortelle ont pris une teinte légèrement rosée.

– Vous êtes trop bonne, mademoiselle.

Je me suis tournée vers Zoé.

– Elle est où ta mam… ta tutrice ?

– Partie au travail. Venons-en au fait : qu'est-ce que tu as découvert ?

J'ai pris une énième portion de lasagnes, puis un

ChoCoLats !
La-
sA-
gnes
Chef
HamiLcaR

fruit, un dessert, et deux chocolats maison. Zoé n'a touché à rien, préférant sa sucette.

Enfin, j'ai sorti les feuilles que j'avais imprimées.

– J'ai fait des recherches sur Internet au sujet du fameux programme de chat. On en parle beaucoup, surtout en mal. Et voilà pourquoi.

J'ai montré à Zoé les articles que j'avais trouvés. Visiblement, Darima n'était pas la seule à être récemment tombée dans le coma devant un ordinateur. J'avais repéré quatre autres cas du même genre. Tous des jeunes de notre âge ou à peine plus âgés, et *a priori* en pleine santé.

– Puisque, pour une raison qui m'échappe, tu es parvenue à la même conclusion, je peux bien te le dire : dans les forums, les gens sont convaincus qu'ils ont tous été victimes de ce programme. Une vraie légende urbaine !

Zoé a considéré les feuilles imprimées avec grande attention mais sans manifester la moindre émotion.

– Du reste, si l'IAPAC est aussi impliquée... a-t-elle dit.

– Tu pourrais enfin me dire de quoi il s'agit ?

– International Agency for Paranormal Activity Control, m'a-t-elle expliqué. Il s'agit d'une sorte de police internationale qui se penche grosso modo sur les choses qui m'intéressent aussi : les fantômes, les mystères inexplicables... Les deux types de l'autre soir travaillent pour l'antenne italienne.

« Et Marina », ai-je ajouté en pensée.

– Mais tu ne crois pas à ces trucs, a-t-elle ricané.

– Les militaires aussi croient n'importe quoi ! Euh... sans vouloir t'offenser.

Zoé a haussé les épaules.

– Je m'habitue à tes gaffes.

J'ai souri, et elle m'a rendu mon sourire.

– Tu as fait du bon travail, a-t-elle conclu.

Je ne m'attendais pas à ce compliment.

– Merci. Et toi ? Tu es retournée chez Darima ?

– En fin de compte, ça ne s'est pas avéré nécessaire. Pas à ce stade. En revanche, tu es partante pour une autre soirée pyjama ?

8

SOIRÉE PYJAMA

– Calme-toi, bon sang !

Zoé picorait dans mes pop-corns. Elle portait un pyjama avec un imprimé de Blanche-Neige, mais version gothique, avec piercings et tatouages.

On était dans ma chambre, et je me sentais tout sauf calme. Encore une fois, on prenait des risques. Et on était en pleine illégalité.

– Qu'est-ce qui se passe si on se fait prendre ? Et si ces types de l'ACD… IACM…

– IAPAC.

– C'est ça. Si les types de l'IAPAC s'en prennent à mon père ?

– Ils ne s'attaquent jamais aux civils. Ils veulent rester discrets.

J'ai gonflé les joues et soufflé, nerveuse. Zoé affichait une sérénité surréaliste. Pendant le dîner, sa politesse exemplaire avait conquis mon père. Elle s'était présentée à lui un énorme beignet à la main (« C'est ma mère qui l'a fait », soi-disant, mais à la première bouchée, j'ai reconnu la touche inimitable d'Hamilcar). Elle l'avait ensuite amusé en lui posant des questions sur son travail et en lui faisant des compliments, sur la maison d'abord puis sur le dîner. J'en suis restée sans voix. Une fois seules dans ma chambre, je l'avais applaudie.

– Tu assures, avec les gens.

Elle avait haussé les épaules.

– Je donne le change.

– Je pensais savoir donner le change moi aussi. Mais depuis que je t'ai vue à l'œuvre, j'en doute.

Zoé a alors inspecté ma chambre, manifestant de la curiosité pour tout : les affiches d'animés accrochées aux murs (« Faut absolument que tu regardes *L'Attaque des Titans* »), les livres dans les étagères (« Mais tu ne lis jamais d'essais ? T'as que de la fiction ? ») et enfin mes dessins.

– Tu te débrouilles super bien !

Elle a d'abord examiné ceux qui étaient accrochés aux murs. Puis elle s'est emparée de mon carnet de croquis et l'a ouvert avant que je puisse le lui arracher des mains. Elle a vu mes esquisses de sa maison, de la chambre de Darima, et le portrait que j'avais fait d'elle. La honte totale. Les joues en feu, j'ai tenté de récupérer le bloc.

– Désolée, j'ai murmuré.

Mais elle a porté son portrait contre sa joue en me le montrant.

– C'est assez ressemblant, non ?

Elle a souri, et je me suis détendue.

– Ne t'inquiète pas, a-t-elle dit. Je sais très bien que je suis bizarre. Il n'y a pas de mal à ça, je trouve. Toi non plus, tu ne devrais pas avoir honte de ce que tu es.

Elle m'a dévisagée avec intensité. Je me suis assise sur le lit, et elle m'a rendu le bloc.

– Les gens ne m'aiment pas, j'ai dit.

– Tu t'en fous.

– Facile à dire, pour toi.

– *C'est* facile. Les gens dont l'avis compte, ce sont ceux que tu respectes et que tu estimes. Et il y a la masse des autres qui t'est égale.

Dit comme ça, ça paraissait simple, en effet.

Ensuite, on a regardé *Doctor Who*, une série hyper-cool qui parle d'un alien voyageant dans l'espace et le temps. J'ai essayé de me concentrer dessus, mais l'angoisse montait en moi inexorablement.

Au point qu'au moment où on a frappé à la porte, j'ai fait un bond sur le lit. Papa a surgi dans la chambre.

– D'ici une demi-heure, vous éteignez. D'accord ?

Puis il a ajouté :

– Ah, l'épisode avec les anges pleureurs ! Il est super !

– Ne vous inquiétez pas, a assuré Zoé avec un grand sourire. L'épisode est presque fini. Tout de suite après, on va au lit.

– Bonne nuit, alors ! a dit papa.

Et il a fermé la porte.

– Il va revenir contrôler, j'ai averti.

– On n'a rendez-vous avec Luke qu'à une heure du mat. À cette heure-là, ton père sera déjà endormi, non ?

C'était moi qui avais eu l'idée de faire appel à Luke. Il était plus âgé que nous et super calé en informatique. La personne idéale. Mais quand je pensais à ce que nous lui avions demandé de faire, je ne me sentais pas tout à fait sereine.

– Il vaudrait mieux que ton père nous trouve couchées, a dit Zoé une fois l'épisode terminé. Profitons-en pour dormir une petite heure. Faut être en forme.

Nous nous sommes allongées, elle sur le lit de camp et moi sur mon lit. Comme prévu, papa est venu vérifier que nous étions couchées, mais il n'a pas remarqué que j'avais les yeux grands ouverts dans le noir.

Je me suis tournée et retournée entre les draps, incapable de trouver le sommeil. Au bout d'un moment, n'y tenant plus, j'ai raconté :

– L'autre jour, j'ai chatté avec Hal.

Sur son lit de camp, Zoé a tressauté comme la marionnette à ressort de la boîte que j'avais quand j'étais petite et qui me faisait une peur bleue.

– Tu as quoi ??

– Pas trop fort ! j'ai chuchoté.

Puis j'ai vidé mon sac, cherchant à présenter la chose le plus naturellement possible. Mais Zoé n'a pas mordu à l'hameçon.

– Je t'avais dit que c'était dangereux !

– Mais tu m'as aussi dit que le fait de chatter n'était pas le problème. Tu ne m'as toujours pas expliqué le pourquoi du comment, d'ailleurs…

Sans répondre, Zoé a fermement saisi mon poignet et l'a tenu un moment en silence avant de le lâcher.

– Ce n'est pas vrai que tu es une grosse Bertha, a-t-elle dit.

J'en suis restée abasourdie.

– Co… comment ?

– Et la fois où tu t'es tordu la cheville au tennis à… six ans, c'est ça ?

– Mais… comment tu sais ça ?

– C'est de la psychométrie.

– Hein ?!

J'étais complètement scotchée. Zoé m'a expliqué :

– Quand je touche les gens ou les choses, je sens leur histoire. C'est comme s'ils portaient en eux ce qui leur est arrivé dans le passé, comme si les événements laissaient une empreinte en eux. C'est de cette manière que j'ai compris que Darima s'était trouvée mal en utilisant le programme.

Aussitôt, j'ai réuni les différentes pièces du puzzle. Je comprenais maintenant pourquoi, quand on était chez Darima, elle avait posé ses mains un peu partout.

J'ai secoué la tête, incrédule.

– Tu me fais marcher. Tu t'es renseignée avant. Je ne crois pas aux phénomènes paranormaux.

Malgré l'obscurité, j'ai vu Zoé lever les yeux au ciel.

– Pourquoi c'est si dur pour toi d'accepter qu'il puisse exister dans le monde autre chose que ce que tu vois ?

– Justement parce que je ne les vois pas, j'ai répliqué, bras croisés. C'est la science qui nous a fait progresser, Zoé, c'est elle qui a allongé notre espérance de vie, qui…

– Et pourquoi la psychométrie ne serait-elle pas de la science ?

Je n'ai pas tout de suite su quoi rétorquer.

– Parce qu'il n'y a pas de preuves.

– Et ce que je viens de faire ? Ce n'est pas une preuve, peut-être ?

J'admets que sur ce coup-là, elle m'a mise en difficulté.

– Ce n'est sans doute qu'une coïncidence, j'ai dit. Qui ne s'est pas fait mal en jouant au tennis à l'âge de six ans ?

Je me suis aussitôt rendu compte de l'absurdité de ce que je venais de dire.

– Bon d'accord, j'ai concédé. C'est une coïncidence un peu bizarre. Peut-être je devrais vérifier. Si tu me permets…

L'idée de mener une expérience réelle me plaisait bien.

– Pas maintenant, a refusé Zoé. On n'a pas le temps. Il faut rester concentrées.

Après une courte pause, elle a marmonné :

EATH NOTE
"PSYCHOMÉTRIE"

– Et tu es très bien comme tu es. Ce n'est pas à la quantité de graisse qu'on juge quelqu'un. Et d'ailleurs, tu n'es qu'en léger surpoids.

– Ah bah alors, tout va bien, j'ai dit, vaguement sarcastique.

J'avais néanmoins apprécié sa tentative. Énormément, même. À cet instant, mon portable s'est mis à vibrer, me faisant à nouveau sursauter comme la marionnette. J'ai consulté l'écran avant de le montrer à Zoé.

– C'est Luke.

– Réponds !

On s'est glissées sous le bureau où j'avais installé l'ordinateur portable. J'ai pris l'appel et le visage souriant de Luke est apparu sur l'écran. Une fois de plus, j'ai dû constater à quel point il était mignon.

– Salut, LuLu !

Il nous a saluées de la main.

Zoé m'a jeté un regard de biais, et j'ai rougi de la tête aux pieds.

– Salut… j'ai chuchoté à voix très basse, légèrement gênée.

– Qu'est-ce que tu dis ?

– Salut ! j'ai répété. Je parle doucement pour ne pas réveiller mon père, il nous tuerait !

Le sourire de Luke s'est élargi, dessinant deux fossettes sur ses joues. Ça m'a littéralement fait fondre.

– Bonne nouvelle : j'ai réussi, a-t-il dit, baissant la voix à son tour.

Zoé lui avait demandé de rentrer dans le système informatique de l'IAPAC, notamment pour chercher les notes opérationnelles concernant leur incursion chez Darima. À l'idée de ce piratage, je n'étais pas tranquille. J'imaginais déjà les hommes en noir frapper à la porte, mitraillettes dégainées, pour venir nous arrêter. Comme dans les films.

– Génial ! a exulté Zoé.

– Hmm. Pas tant que ça, a dit Luke. Regardez dans votre messagerie, je viens de vous envoyer un mail à toutes les deux.

J'ai consulté ma boîte de réception et ouvert son message. Il était rempli de documents écrits en tout petit.

– J'ai récupéré tout ce que j'ai pu, mais j'ai dû arrêter avant de me faire choper, a-t-il poursuivi. Il y a pas mal de choses, en tout cas. J'y ai déjà jeté un coup d'œil pour me faire une idée. Mais faut que tu m'en dises davantage sur l'IAPAC, Zoé.

– Toi d'abord. Qu'est-ce que tu as trouvé ?

– Le rapport de la perquisition chez Darima. Et ceux d'autres opérations similaires.

– Alors ils ont aussi perquisitionné chez les autres jeunes tombés dans le coma ! je me suis exclamée.

Zoé m'a donné un coup de coude pour me faire taire.

– Qu'est-ce que c'est que cette histoire ? a demandé Luke.

– Qu'as-tu découvert d'autre ? a repris Zoé, ignorant sa question.

– Hé ho, je ne suis pas ton esclave ! a protesté Luke.

– Si tu ne veux pas me le dire, je le lirai moi-même.

Luke a soupiré. Avec Zoé, c'est toujours la même chose. On soupire, mais on finit par obtempérer.

– Le dossier contenait beaucoup d'informations dont je n'ai compris que la moitié. Il y est question d'expériences de reconditionnement mental. De « sujets antisociaux » qu'il faudrait traiter. Le mot « zombie » apparaît aussi.

Zoé est restée silencieuse quelques instants.

– L'IAPAC s'occupe de phénomènes paranormaux, c'est ça ? a interrogé Luke.

– Merci beaucoup, Luke, tu nous auras été très utile.

Zoé m'a pris le téléphone des mains et a raccroché.

– Mais ça va pas ???

– Il n'a pas besoin d'en savoir plus.

– Mais il a travaillé pour nous! Et dans l'illégalité, en plus ! C'est bien normal qu'il pose des questions !

– Auxquelles on ne va pas répondre.

– Alors c'est ça, ta manière de procéder? Utiliser les gens et les laisser frétiller de curiosité ? Tu agis avec lui comme avec moi !

Zoé a instantanément froncé les sourcils.

– Comment ça ?

– Pourquoi tu te fais appeler avec un nom qui n'est pas le tien, par exemple?

Je me suis mordu la langue. Je n'étais pas censée savoir ça, à moins d'avoir écouté sa conversation. Zoé, en l'occurrence, a immédiatement fait le rapprochement. Une colère sourde a dansé dans ses yeux.

– Tu m'as suivie?

– Non, je...

– Tu m'as épiée quand j'étais avec Marina?

– Je passais par hasard et…

Elle s'est levée d'un bond, tremblante de rage.

– Ne te mêle pas de mes affaires, compris ? elle a crié. Il y a des choses qui ne concernent que moi et que tu ne peux pas comprendre ! Tu m'as espionnée ? J'y crois pas ! Mais pour qui tu te prends ?

– Je suis désolée, je…

Mais Zoé était un volcan en éruption, elle ne me laissait pas parler.

– Tu n'es rien, compris ? Rien ! Que dalle ! Personne ! Toi et ta stupide enquête, vous pouvez aller en enfer !

Mon père est alors entré dans la chambre, les yeux lourds de sommeil.

– Mais… les filles…

Il ne comprenait rien à ce qui se passait. Moi non plus, du reste.

– Tu fais un drame pour rien, j'ai dit à Zoé.

D'accord, j'avais fait une erreur, mais sa réaction était incroyablement virulente.

– Ne parle pas de ce que tu ne sais pas, a-t-elle sifflé.

Puis, se tournant vers mon père :

– Je suis désolée, monsieur Proietti. Je rentre chez moi.

– Quoi ?!

Il était de plus en plus déconcerté.

– Je ne changerai pas d'avis. Je vais appeler à la maison pour qu'on vienne me chercher.

Papa a essayé de nous réconcilier :

– Je te raccompagne, mais je suis sûr que Lulu et toi, vous allez vous expliquer…

D'une main levée, Zoé l'a arrêté dans son élan.

– Ne vous en faites pas. C'est le milieu de la nuit, et vous dormiez. Je suis désolée de vous avoir réveillé.

Elle ne voulait plus rien entendre. Elle a appelé chez elle puis elle a attendu dans le couloir, vêtue de son manteau, murée dans un silence absolu.

C'est Hamilcar qui est venu la récupérer.

– C'est complètement absurde, lui ai-je dit comme elle était sur le seuil. J'ai fait une erreur, d'accord. Mais aussi, tu me mêles à une histoire d'agents secrets et tu ne me dis rien.

– Adieu.

Elle est partie sans m'accorder un regard. Elle a descendu les marches et a disparu comme si elle n'était jamais entrée dans ma vie.

– Mais qu'est-ce qui s'est passé, ma Lucianette ? Qu'est-ce que tu lui as fait ?

– Mais rien, bon sang ! j'ai hurlé. Rien du tout !

Et j'ai couru m'enfermer dans ma chambre.

9

SANS ZOÉ

En me réveillant le lendemain, je me suis sentie amputée d'une partie de moi-même. Les quelques jours que Zoé avait passés dans ma vie avaient déjà laissé une trace indélébile.

J'ai repensé à notre dispute de la nuit précédente. Oui, j'avais eu tort. Mais elle avait vraiment perdu la tête. J'ai failli l'appeler et l'insulter au téléphone, lui envoyer une lettre incendiaire ou un mail furibond.

Et puis papa m'a fait un sermon au petit déjeuner.

– C'est bizarre, ce qui s'est passé hier avec Zoé.

J'ai levé les yeux au ciel.

– Elle est folle, j'ai rétorqué.

– Tu es sûre de n'avoir rien dit qui ait pu la mettre mal à l'aise ?

J'ai senti ma conscience s'agiter, et ça a attisé ma colère davantage encore.

– Mais pourquoi ce serait toujours ma faute ?

Papa s'est levé de sa chaise et m'a regardée droit dans les yeux, comme c'est son habitude quand il est sur le point de faire un discours épique sur le sens profond de l'existence.

– Lucia, regardons la vérité en face. On ne peut pas dire que les relations sociales constituent ton point fort. Le mien non plus, du reste. On est un peu bizarres, toi et moi. Et malheureusement pour nous, c'est écrit en travers de notre figure.

– Zoé n'est pas normale non plus.

– Non, en effet. Et c'est la raison pour laquelle, si j'étais toi, je m'accrocherais très fort. Je repose donc la question : es-tu sûre de ne rien avoir fait toi *aussi* ?

Il a souligné le « aussi ».

– Parfois, ma Lucianette, l'orgueil nous joue de mauvais tours. Et à la fin, on se retrouve seul.

J'ai poussé un gros soupir. Parce qu'il avait raison. Comme toujours.

L'après-midi venu, j'ai ravalé ma colère et envoyé un message à Zoé.

> Tout va bien ?

J'avais écrit et effacé quarante messages avant d'en arriver à ces quelques mots d'une extraordinaire subtilité. Évidemment, elle s'est bien gardée d'y répondre. J'ai essayé de l'appeler, mais ça a sonné dans le vide. L'orgueilleuse, c'était elle, pas moi !

Désormais, j'avais la conscience tranquille.

Restait que Darima était toujours dans le coma et que j'avais perdu l'unique personne susceptible de m'aider à la sauver.

« Bon. D'accord, Zoé est forte, je me suis dit, mais toi aussi tu l'es. Et maintenant, occupe-toi de l'ordinateur ! »

J'ai ouvert les fichiers que Luke nous avait envoyés la nuit précédente. L'infâme nuit précédente. Gros soupir.

Il y en avait une montagne. J'ai commencé à les parcourir avec l'enthousiasme d'une condamnée à mort. C'était écrit d'une manière incompréhensible, avec des phrases de trente lignes et un style aussi divertissant que celui du gendarme auprès duquel papa avait déclaré la perte de son cent cinquantième portefeuille. Soi-disant qu'on le lui avait volé. Si vous voulez mon avis, il est surtout franchement distrait. Bref.

Je me suis forcée à ne pas m'endormir, mais c'était super dur. Dans ces documents, il était question de zombies, de sorcières – ce qui m'a donné un élan de nostalgie au souvenir de la prodigieuse pommade d'Hamilcar – de loups-garous et d'autres absurdités. J'ai compris que l'IAPAC emprisonnait des gens dans le but de les rééduquer. Qu'ils utilisaient pour ce faire divers instruments, notamment des logiciels.

À la tombée de la nuit, j'ai lâché les documents, épuisée par cette lecture fastidieuse.

J'ai réessayé d'appeler Zoé. En vain. Alors j'ai pris mon courage à deux mains et lui ai écrit un mail, m'efforçant de rester objective, n'insistant pas sur le fait que Zoé s'était comportée comme une folle. Pour autant, je ne voulais pas non plus m'excuser purement et simplement. C'est vrai que je suis un peu orgueilleuse, papa a raison sur ce point. J'ai néanmoins avancé que, oui, peut-être, effectivement, je ne m'étais pas parfaitement bien comportée.

Peut-on faire une croix dessus ? Je te promets de ne plus mettre le nez dans tes affaires, et toi tu me promets de ne pas péter les plombs comme hier soir – deal? Salut.

Lulu

Cela me semblait un bon compromis. J'ai envoyé mon message. Mais le lendemain matin, je n'ai pas trouvé de réponse dans ma boîte mail.

Je me suis alors rendue à la sortie de son collège. J'ai abordé ses camarades de classe qui m'ont dit qu'elle n'était pas venue en cours. J'ai commencé à me faire du souci. Je lui ai envoyé plusieurs SMS. Rien. Elle avait purement et simplement disparu de la circulation.

D'accord, Zoé était vraiment bizarre. Mais en même temps, pourquoi n'était-elle pas allée au collège ?

Je suis retournée chez moi, inconsolable. J'ai déjeuné sans appétit. Je ne savais plus quoi faire. Je lui avais plus ou moins demandé pardon. Je me sentais perdue sans elle. Et en même temps, j'étais en colère contre elle, parce que ça ne me plaisait pas de dépendre autant de quelqu'un. Alors, pour me changer les idées, j'ai repris la lecture des documents de l'IAPAC. En les parcourant, j'ai commencé à ressentir une sensation désagréable dans la poitrine. Car les choses prenaient une tournure plus inquiétante. Les rapports faisaient mention d'un logiciel malveillant, une sorte de virus qui, selon l'IAPAC, était responsable des mystérieux événements en cours. Or, j'avais précisément téléchargé ce logiciel dans mon ordinateur depuis celui de Darima.

J'avais un très mauvais pressentiment.

J'ai ouvert MakeMe, les mains tremblantes. Il fallait que je comprenne. Dans la fenêtre de chat, Hal s'est aussitôt manifesté.

> Hi ! Je pensais que tu ne reviendrais plus :)

> Hal, j'ai besoin de ton aide.

J'avais conscience de faire quelque chose d'extrêmement dangereux. Mais je n'avais plus le choix. Darima était dans le coma, et Zoé avait disparu. J'ai repris :

> Est-ce que tu as lancé le programme ? Pas celui du chat, l'autre.

Hal a marqué un temps avant de répondre :

> Je ne comprends pas ce que tu veux dire...

À nouveau, sa réaction était bizarre. On aurait dit un petit enfant ou un alien qui n'était pas en mesure de comprendre le monde. Je lui ai expliqué ce que j'avais sur le cœur, parce que j'avais peur. Peur qu'il soit arrivé quelque chose à Zoé. Je la connaissais peu, mais j'avais déjà eu le temps de m'apercevoir qu'elle était têtue et impulsive.

> Non, non ! Personne n'est blessé, tout va bien ! Darima est ici avec moi, et Zoé va bientôt nous rejoindre. Pourquoi tu ne viendrais pas, toi aussi ? Il suffit de lancer MakeMe, l'icône avec le smiley en haut :}.

Je me suis brusquement éloignée de l'ordinateur, comme si je m'étais ébouillantée.

J'ai ressenti l'irrépressible besoin de fermer l'écran et de me déconnecter, comme si Hal pouvait bondir hors de l'écran et s'en prendre à moi. Puis je me suis concentrée sur cette phrase : « Zoé va bientôt nous rejoindre ».

Je me suis rapprochée en frissonnant.

> Zoé est là avec toi ?

> Elle est en train d'arriver. Tu ne veux pas nous rejoindre :/ ?

J'ai saisi mon portable et écrit à toute vitesse un message à Luke.

Viens me chercher s'il te plaît. Zoé a disparu, je dois au plus vite la retrouver. Je laisse la porte de chez moi ouverte. Entre, va dans ma chambre, et ne pose pas de questions.

Luke était l'unique personne disposant d'une mobylette susceptible de répondre à un message de ce genre. Me frappant le front de la main, j'ai envoyé un second message pour lui donner mon adresse. Puis j'ai pris une profonde inspiration. C'était moi qui avais pris l'initiative de cette conversation, pensant que ce serait dangereux de parler à un inconnu dont je ne savais rien. Mais la réalité était bien pire.

> Je viens, mais à deux conditions.

Hal a attendu que je poursuivre sans dire un mot.

> Je ne reste pas. Je veux seulement jeter un coup d'œil. Et tu dois me mener à Zoé. Tout de suite.

Il m'a semblé mettre une éternité à me répondre.

> Ce n'est pas comme ça que ça marche, a-t-il répondu sèchement.

> Je suis une fille. Je n'accepte pas les invitations des inconnus, comme ça, à l'improviste.

> Alors peut-être qu'on devrait se parler pour apprendre à se connaître :)

J'ai jeté un regard à mon portable. Il y avait des dizaines de messages de Luke que je n'avais pas le temps de parcourir. Mais le dernier se terminait par un rassurant :

J'arrive tout de suite.

Je pouvais y aller. J'ai écrit à Hal très lentement :

> D'accord, je viens. Mais tu me conduis à Zoé tout de suite.

:D :D :D Il te suffit de mettre les écouteurs et de lancer le programme.

Remerciant le ciel que papa ne soit pas là, j'ai couru ouvrir la porte d'entrée pour Luke, puis je suis retournée dans ma chambre et j'ai saisi les écouteurs. Les mains tremblantes, je les ai posés sur mes oreilles. Enfin, j'ai placé la souris sur le programme et cliqué dessus. Au début, tout paraissait normal : un écran noir, le silence.

Puis, d'un coup, j'ai senti l'obscurité m'envelopper.

10

DE L'AUTRE CÔTÉ DE L'ÉCRAN

JE SUIS LÀ.
LE BRACELET DE PARIMA !
ILS M'ONT APPRIS BEAUCOUP DE CHOSES. TOUS.
ILS M'ONT APPRIS BEAUCOUP.
JE NE SERAIS PAS LÀ SANS MES AMIS.
MONTRE-MOI ZOÉ.
CHOSE PROMISE, CHOSE DUE.

TU VAS TE PLAIRE ICI, TU VAS VOIR.
ON EST TOUS ENSEMBLE. TU NE ME CONNAIS PAS ENCORE BIEN, MAIS...
BIENTÔT TOUT TE PARAÎTRA CLAIR. ET TU TE FÉLICITERAS D'ÊTRE VENUE.

QU'EST-CE QUE TU LUI FAIS ?
LES GENS AVEC QUI J'ENTRE EN CONTACT FONT PARTIE DE MOI.
ÇA PREND DU TEMPS DE LES ABSORBER.
JE PENSAIS LA METTRE LÀ.
POURQUOI ?
POUR COM-PRENDRE.
QUOI ?

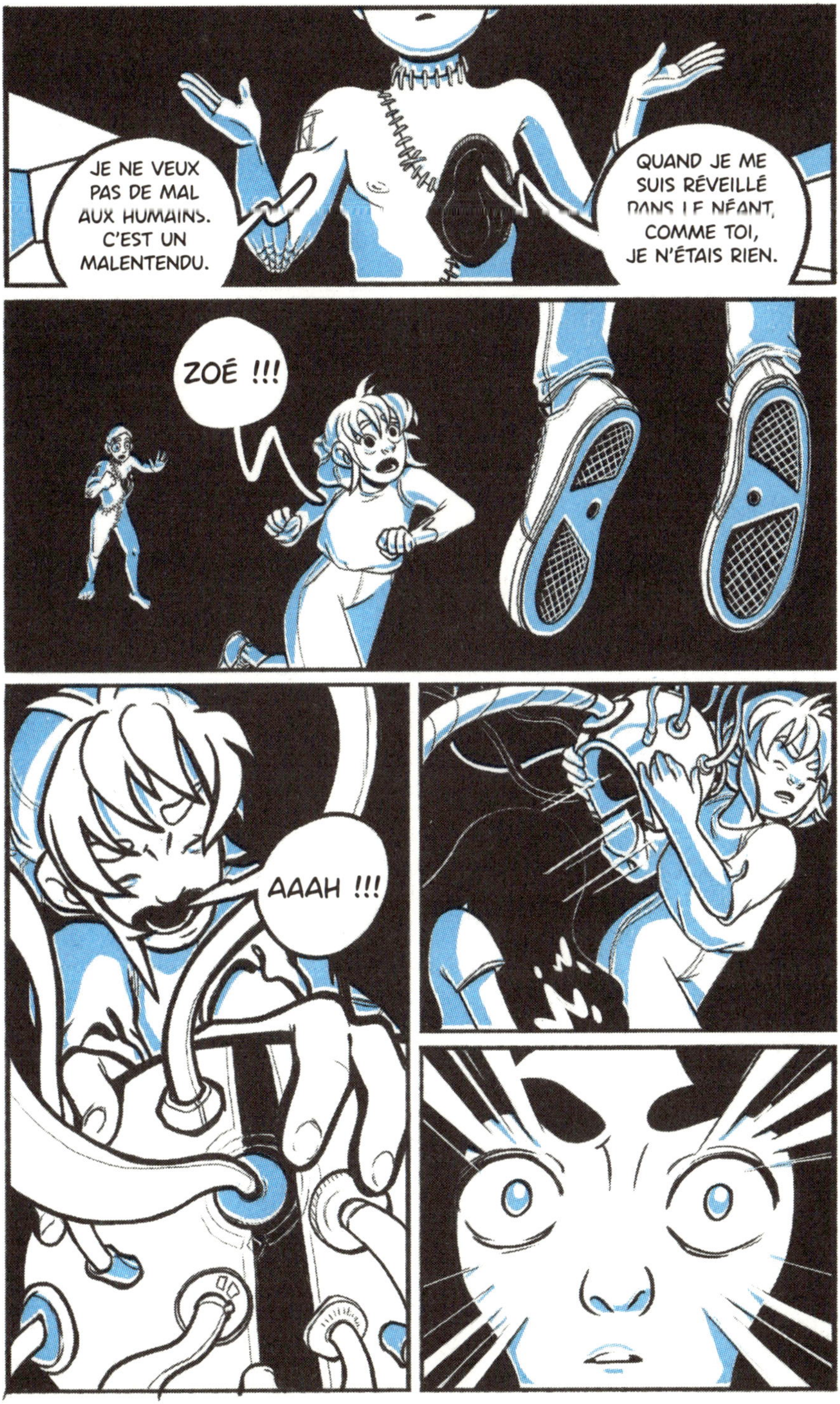
JE NE VEUX PAS DE MAL AUX HUMAINS. C'EST UN MALENTENDU.
QUAND JE ME SUIS RÉVEILLÉ DANS LE NÉANT, COMME TOI, JE N'ÉTAIS RIEN.
ZOÉ !!!
AAAH !!!

NON ! VOUS NE...
QU'EST-CE QUI SE PASSE ?
IL FAUT PARTIR !
MAIS ?!
SUIS-MOI, C'EST TOUT !

JE SUIS VENUE TE CHERCHER.
MAIS SI TU ES LÀ...

TU NE BOUGES PAS D'ICI, OK?
ET NE LE LAISSE PAS TE PORTER À CETTE MACHINE BIZARRE, OU TU FINIRAS COMME DARIMA.
TU M'EX-PLIQUES OU PAS ?
JE N'Y COMPRENDS RIEN !
PAS LE TEMPS. RESTE TOUJOURS PRÈS DE L'ÉCRAN.

11

SAUVETAGE

Vous savez quand vous restez trop longtemps sous l'eau ? Au moment de refaire surface, vous prenez une énorme inspiration qui fait presque mal, et vous vous mettez à tousser comme un fou ou comme une folle. Eh bien, c'est exactement ce qui s'est passé lorsque Luke m'a retiré les écouteurs et ramenée dans le monde des vivants.

– Ça va, LuLu ?

Son visage fou d'inquiétude n'était qu'à quelques centimètres du mien. De si près, je le trouvais encore plus mignon. Sauf que, comme je venais d'échapper à la digitalisation, je n'étais pas exactement en mesure de profiter de cette minute romantique. J'ai hoché la tête, cherchant mes mots. Je me sentais très mal, mais vivante.

– Zoé…

Ça a été la première chose que j'ai réussi à dire.

– Quoi, Zoé ? a demandé Luke. Je suis entré chez toi et t'ai trouvée évanouie devant ton écran. Qu'est-ce qui s'est passé ?

J'ai désigné l'ordinateur du doigt. Zoé, complètement désorientée, les mains pressées contre l'écran, nous contemplait comme si elle était prisonnière.

– Qu'est-ce que…

J'ai instantanément retrouvé ma voix.

– Je t'expliquerai. Mais il n'y a pas une minute à perdre, faut la sauver !

– Comment ça ?

– Fais-moi confiance ! j'ai crié.

Sans poser de question, Luke m'a suivie dehors. On s'est rués vers sa mobylette, qui était posée contre un lampadaire devant le portail de l'immeuble. Luke m'a tendu un casque. L'espace d'une seconde, j'ai imaginé la réaction de mon père s'il me voyait.

« Il m'a dit de m'accrocher à Zoé. C'est ce que je fais. »

J'ai passé le casque et on a filé.

Luke conduisait comme un fou. Je me cramponnais à son dos comme une moule à son rocher. Une part de moi se satisfaisait de la vitesse, car on n'avait pas tout le temps du monde. Mais au bout de quelques virages avec les oreilles touchant terre, je n'ai plus pu m'empêcher de hurler de peur.

– C'est une urgence, oui ou non ? a-t-il protesté, vaguement amusé.

Puis, reprenant son sérieux :

– Maintenant, tu m'expliques.

Je lui ai exposé dans les grandes lignes ce qui s'était passé. À m'écouter raconter à voix haute, j'ai pris conscience que c'était de la folie pure. Mais je voulais sauver Zoé. Je le lui devais, point barre.

– Et donc, c'est ce Hal qui attire les gens de l'autre côté de l'écran ?

– Oui. Et il a attiré Zoé à son tour. Par le biais des écouteurs. Quand il m'a demandé de les mettre, je me suis retrouvée à l'intérieur. Et inversement, quand tu me les as retirés, je suis revenue à moi.

– Il les utilise sans doute comme interface neuronale, grâce aux tonalités binaurales…

Il a émis un sifflement avant d'ajouter :

– … mais ça, c'est de la science-fiction.

Avec
Luke ...

– Peut-être, n'empêche que Zoé et moi, on était en bonne voie de digitalisation. Et Darima avant nous.

– Cela dit, Darima est à l'hôpital… elle n'a plus les écouteurs sur la tête.

– Oui. Parce qu'il l'a déjà… absorbée !

Il ne me venait pas d'autre mot à l'esprit pour décrire la chose. Je lui ai parlé de l'apparence de Hal, du bracelet enserrant son poignet de jeune fille. Luke se taisait. Il découvrait dans quel pétrin nous nous trouvions.

– Il était en train de faire la même chose avec Zoé. Mais je suis intervenue à temps. Si on lui retire les écouteurs, je suis sûre qu'elle reviendra à elle, comme moi.

« Du moins je l'espère », ai-je ajouté en esprit.

Je ne pouvais pas accepter la possibilité qu'il arrive quoi que ce soit à Zoé.

J'ai indiqué la fin du chemin à Luke. Il a stoppé net devant le portail, ce qui a failli me faire tomber. Puis d'un bond, je suis descendue de mobylette avec une élégance toute relative et j'ai sonné dare-dare au portail. Il s'est ouvert aussitôt et on s'est engouffrés à l'intérieur. Hamilcar est apparu sur le seuil avec son flegme habituel. Je l'ai littéralement bousculé pour entrer.

– Mademoiselle Proietti, qu'est-ce qui… ? il a dit, pris de court.

– Où est Zoé ? j'ai crié tout en gravissant les marches quatre à quatre.

– Dans sa chambre, mais je…

Sans l'écouter, je me suis précipitée vers la porte. Fermée. J'ai poussé un juron. Si mon père l'avait entendu, il m'aurait privée d'argent de poche pendant une semaine.

J'ai essayé de faire ce qu'on fait dans les films : enfoncer la porte à coup d'épaule. Sauf qu'une porte, dans la vraie vie, c'est une chose très solide dont l'épaule d'une fille de douze ans, même bien en chair comme moi, ne peut pas venir à bout.

J'ai senti la main de Luke se poser sur mon épaule.

– Laisse-moi essayer.

Hamilcar se tenait juste derrière lui. Il contemplait les événements, complétement abasourdi.

– Vous n'allez pas…

Mais il n'avait pas terminé sa phrase que Luke avait déjà secoué la porte et donné un grand coup de pied de ses lourdes bottes noires. La porte s'est ouverte à la volée, claquant contre le mur. Elle n'a pas encore commencé de tourner sur les charnières que j'étais déjà à l'intérieur.

– Zoé !

Elle était penchée sur le bureau, la tête reposant sur un bras et l'autre pendant dans le vide. Ses cheveux couvraient son visage, mais je pouvais voir les fils des écouteurs dépasser de ses cheveux violets.

Je les lui ai arrachés des oreilles et l'ai soulevée. Elle était plus pâle que d'habitude. J'ai repoussé mon appréhension et ignoré les voix fébriles d'Hamilcar et de Luke derrière moi. Il n'y avait plus que Zoé qui comptait, mon amie Zoé qui était sans aucun doute têtue et susceptible, mais qui m'avait aidée sans rien demander en retour, et qui risquait maintenant de mourir à cause de moi.

Je l'ai secouée.

– Zoé ! Zoé !!!

Elle a mis un temps infini pour revenir à elle. Au bout d'un moment, elle a ouvert les yeux, lentement, comme si elle se réveillait d'un sommeil très profond, les paupières si lourdes qu'elles ne parvenaient plus à s'ouvrir.

– LuLu, mais qu'est-ce que... a-t-elle marmonné.

Je l'ai serrée fort contre moi, comme je ne l'avais jamais fait avec personne. Puis j'ai relâché mon étreinte et examiné son visage. Le vert de ses iris a lentement émergé de ses yeux en berne. Sa main s'est posée sur mon épaule.

– Tout va bien, a-t-elle dit doucement.

Et seulement à ce moment-là, je me suis permis un long sanglot de peur et de soulagement.

12

L'AMIE RETROUVÉE

– Qu'est-ce qu'il fait là, lui ?

Zoé parlait de Luke, évidemment. Ou de Luca, pour être précise. Sauf que pour moi, les vrais noms ne comptent pas.

En tout cas, à en juger par ce commentaire, Zoé avait définitivement repris ses esprits, redevenant la fille sarcastique que j'avais appris à apprécier.

– Un merci ne serait pas de refus, a protesté Luke, un soupçon de colère dans la voix.

On était réunis dans la cuisine. Hamilcar nous avait préparé des chocolats chauds qu'on buvait avec d'autant plus avidité qu'on avait très froid intérieurement – surtout Zoé et moi. Un effet de notre petite escapade de l'autre côté de l'écran, probablement.

– C'est moi qui l'ai fait venir, j'ai expliqué. Sans lui, je n'aurais pas pu aller chez toi. Mon père n'était pas là.

Cachée derrière sa tasse, Zoé a dévisagé Luke avec intensité.

– Désolé, a renchéri celui-ci, mais c'est vous qui m'avez entraîné dans cette histoire !

J'ai changé de sujet.

– Pourquoi as-tu lancé MakeMe ?

Zoé a repris une rasade de chocolat.

– Parce que l'enquête en était au point mort. Pour avancer, je n'avais pas le choix.

Pour la première fois depuis que je la connaissais, je la sentais embarrassée.

– Pourquoi tu ne m'as pas appelée ?! j'ai crié. Pourquoi tu n'as pas répondu à mes messages ?

Mais elle m'a interrompue subitement.

– Quelle idée tu t'es faite de lui ?

J'ai poussé un profond soupir. Décidément, impossible de lui tirer les vers du nez. C'était elle qui imposait les sujets de conversation.

– Hal ? Il est vraiment bizarre. Pour une raison qui m'échappe, il n'a pas l'air d'avoir les pieds sur terre. En tout cas, c'est lui qui attire les gens derrière l'écran par le biais du programme MakeMe.

On croit qu'il utilise les écouteurs comme interface neuronale. Ce doit être un vrai génie de l'informatique…

J'étais fière de moi. J'avais découvert tout ça par moi-même, ou presque.

– Pas du tout, a sèchement répliqué Zoé. L'ordinateur, c'est lui.

Il y a eu une pause.

– Ça t'ennuierait de préciser ? j'ai demandé.

– Tu as lu les documents de l'IAPAC ? m'a-t-elle interrogée du tac au tac.

– Oui. Mais je n'ai pas tout compris.

– Alors tu auras vu que les types de l'IAPAC sont impliqués dans des opérations de rééducation de criminels.

– En effet.

– Pour ces opérations, l'IAPAC utilise des logiciels. Or, l'un de ces logiciels s'est émancipé.

J'ai reposé ma tasse.

– C'est impossible…

– Tu ne regardes pas assez de science-fiction, LuLu, a dit Luke.

– C'est pour cette raison que Hal t'a semblé bizarre, a poursuivi Zoé. Ce n'est pas un être humain, mais une intelligence artificielle qui a pris conscience d'elle-même. Il étudie les humains pour essayer de comprendre comment ils fonctionnent. Pour ce faire, il les attire de l'autre côté de l'écran. Il les absorbe, en quelque sorte.

J'ai pensé à tout ce que Hal m'avait dit. L'explication était plausible. En même temps, ce n'était pas possible. Tout simplement pas possible.

– Écoute, j'ai lu des articles sur la conscience des intelligences artificielles, et on est bien loin de…

– Stephen Hawking dit tout autre chose, a objecté Luke.

Zoé a coupé court à la conversation :

– Oui, mais c'est comme ça, c'est tout !

J'ai laissé tomber.

– Même en admettant que ce soit vrai, comment peux-tu en être si sûre ?

– Moi aussi j'ai parlé à Hal, a dit Zoé en reprenant une gorgée de chocolat. Et de toute façon, tout est écrit entre les lignes dans les documents que nous a envoyés ce monsieur.

Elle a désigné Luke de sa tasse.

– J'ai pensé à autre chose, a dit celui-ci. Il y a trois semaines, il y a eu une grosse tempête, vous vous en souvenez ?

Non, je ne m'en souvenais pas.

– Des problèmes majeurs sont apparus dans les réseaux de télécommunication. Or, le premier garçon est tombé dans le coma devant son ordinateur exactement deux jours plus tard. Ça ne peut pas être une coïncidence. Je parie que c'est arrivé à ce moment-là. Un coup de foudre au bon endroit et les serveurs ont planté. Hal, qui était sans doute déjà devenu conscient plus tôt dans les laboratoires, s'est alors échappé dans le Net. Ou bien la foudre a frappé directement le serveur et c'est ce qui lui a fait prendre conscience, un peu comme Frankenstein.

– Hal est apparu dans un programme de chat entre humains et intelligence artificielle, a dit Zoé.

– Un bot, j'ai commenté.

Zoé a approuvé de la tête.

– Ce programme avait été conçu pour proposer une psychothérapie aux monstres. L'IAPAC n'ayant qu'une seule prison pour contenir les créatures les plus dangereuses, elle essaie de l'utiliser le moins possible. Elle préfère la méthode de la rééducation grâce à ce genre de programmes. Mais désormais, Hal essaie de devenir humain. Je l'ai observé de près. Son avatar portait des morceaux de corps de toutes les personnes qu'il a kidnappées.

– Et tu as découvert tout ça…

J'ai laissé la phrase en suspens.

– … en partie en lisant les journaux, en partie en épluchant les documents de l'IAPAC, a complété Zoé.

– Et le tout entre hier et aujourd'hui ?

– Plus ou moins.

Je me suis tue, le regard rivé sur ma tasse. Dans cette enquête, en fin de compte, je m'étais révélée parfaitement inutile.

– Mais tu m'as sauvé la vie, a-t-elle ajouté, comme si elle avait senti ma déception.

Cette pensée m'a réchauffé le cœur.

– Et maintenant, que fait-on ? j'ai dit. Peut-on sauver Darima et les autres ?

– Je ne crois pas qu'ils soient morts, a dit Zoé, ils sont les otages de Hal.

Elle a posé sa tasse et pris un biscuit qu'avait apporté Hamilcar.

– Alors, ça signifie qu'on peut les sauver ! je me suis exclamée.

Luke a gelé mon enthousiasme.

– Pas si vite. Nous ne savons pas comment Hal s'y prend pour absorber les personnes qu'il attire,

et nous n'avons aucune idée de la manière dont nous pouvons renverser le processus.

– Je persiste à ne pas comprendre pourquoi tu es là, a dit Zoé.

Luke allait répliquer quand j'ai stoppé net la discussion.

– Luke nous est très utile, Zoé. Il est encore plus calé que moi pour les questions informatiques. Bref. Et si on essayait de convaincre Hal de libérer ses otages ?

Luke et Zoé m'ont dévisagée d'un air plus que sceptique.

– Il ne m'a pas semblé si méchant… je me suis justifiée en rougissant.

– Non, en effet, a commenté Luke avec ironie, il plonge juste les gens dans le coma, mais sinon il est gentil.

– Il est hors de contrôle, Lulu, a renchéri Zoé. Il faut te l'imaginer comme un fragment de folie à l'état brut, comme un méchant de bandes dessinées.

– Il a été plutôt sympa avec moi, j'ai protesté. Et il ne nous a pas fait de mal quand on s'est enfuies.

– Non ! Il voulait juste vous tuer, s'est étranglé Luke.

– Il nous étudiait, j'ai corrigé, comme le font les scientifiques avec leurs cobayes. Il m'a répété mille fois que Darima allait bien, qu'il en serait de même avec Zoé. À mon avis, il ne se doute même pas qu'il fait du mal aux gens.

– Tu vis dans un monde de Bisounours, ma parole ! a dit Luke.

Zoé est intervenue avant que je ne réagisse.

– Et qu'est-ce que tu proposes, du coup ?

Instantanément, je me suis sentie prise au sérieux. Zoé voulait entendre mon plan.

– Je pense qu'on devrait lui parler. Lui expliquer la situation. Et le convaincre de laisser partir les personnes qu'il a capturées.

– Ça lui en fait, des choses à comprendre, a objecté Zoé.

– Vu qu'il a absorbé des humains, ce devrait être possible, non ? Si les bots sont en mesure d'apprendre l'interaction avec les gens, *a fortiori* un logiciel encore plus avancé comme l'est Hal devrait y parvenir.

– Mais tu as bien vu ce qui se passe quand on lance MakeMe. Et puis les agents de l'IAPAC sont sur ses traces, et je ne sais pas quelles sont leurs intentions. Ils ont déjà essayé d'éteindre l'ordinateur sur lequel il se trouvait, mais il s'est répliqué ailleurs. Ils vont bien finir par le trouver et le détruire.

– Ça aussi, c'était écrit dans les documents ? j'ai demandé.

– Quand on sait les interpréter, oui.

– On pourrait le mettre offline, j'ai dit après quelques minutes de réflexion. À mon avis, lui dire que l'IAPAC veut l'éliminer est un très bon levier pour le convaincre de faire ce que nous lui demandons.

Zoé et Luke ont échangé un regard.

– Nous non plus, on ne sait toujours pas où il s'est répliqué, a objecté Zoé.

– Si LuLu parvient à le convaincre, je peux sans doute établir où il se trouve et le mettre offline, a avancé Luke.

– Parfait ! j'ai exulté. On s'y met tout de suite !

Mon regard s'est alors porté vers l'horloge. 17 h 30 ! Dans une demi-heure, mon père serait rentré et ne me trouverait pas à la maison !

D'un bond, je me suis redressée de ma chaise, qui s'est renversée.

– Il faut que j'y aille ! Mon père va me tuer !

– Je te raccompagne avec Hamilcar, a dit Zoé.

– Mais… et notre plan ? s'est étonné Luke.

Je ne connaissais pas bien sa situation familiale mais, à vue de nez, ce garçon de 16 ans avait moins de mal que moi à se déplacer librement.

– Personne ne t'a sonné, a commenté Zoé.

– Si : elle, a dit Luke en me désignant du doigt avec un sourire. Et sans moi, vous ne risquez pas de choper Hal. Et puis… et puis vous faites des trucs tellement fous ! Vous ne pouvez pas m'exclure comme ça !

– Zoé, j'ai insisté, si je ne prends pas l'avion pour rentrer, il y aura zéro plan et zéro Hal.

Zoé a roulé des yeux puis s'est tournée vers Luke.

– On te tient au courant. Maintenant, dégage.

Dans la voiture, Zoé s'est calée dans un coin de la banquette arrière, sa sucette dans la bouche et ses cheveux lui cachant le visage. Elle est restée dans son monde pendant tout le trajet. Je ne savais pas quoi dire. Tant qu'il avait été question de l'enquête, tout allait bien. Mais à présent, les non-dits de notre dispute flottaient entre nous. On n'en avait pas encore parlé. On ne s'était pas encore réconciliées à proprement parler.

Hamilcar s'est garé en bas de notre immeuble.

Il était 17 h 45. Pile poil à l'heure. J'allais ouvrir la portière, résignée à laisser les choses en suspens, quand elle m'a arrêtée.

– Merci, a-t-elle dit en plantant ses yeux droit dans les miens.

Le vert de son iris perçait à peine la surface de ses cheveux violets.

– De rien, j'ai répondu, gênée. C'est bien normal.

– Oh que non. Je suis partie de chez toi comme une furie, et je t'ai ignorée pendant deux jours.

Je l'ai fixée à mon tour.

– C'est moi qui suis venue te chercher. Tu n'as pas hésité à m'aider alors que tu ne savais rien de moi. Et tu as risqué ta peau pour Darima.

Zoé a secoué la tête.

– Ce que je fais, je ne le fais que pour moi, a-t-elle avoué dans un souffle.

Son ton était comme métamorphosé. Il n'y avait plus ni détermination, ni sarcasme, seulement de l'insécurité et une once de souffrance.

– C'est moi qui dois apprendre la vérité, tu comprends, Lulu ?

Elle a brusquement coupé court en détournant la tête.

– Non, tu ne peux pas comprendre. Mais je te

suis reconnaissante pour ce que tu as fait. Tu ne l'as fait que pour me sauver. Sans rien espérer en échange, et alors que je t'avais si mal traitée.

– Tu es mon amie, Zoé. Les amis, c'est comme ça.

Elle m'a considérée avec surprise. L'espace d'un instant, elle m'a fait penser à Hal : une extra-terrestre qui peine à comprendre le monde.

– Moi aussi, je suis désolée, j'ai ajouté. Je ne mettrai plus jamais le nez dans tes affaires.

Son expression s'est adoucie.

– Un jour, je te raconterai tout, promis. En attendant, je te promets de ne plus te claquer la porte au nez comme je l'ai fait.

– Ça me paraît un bon début, j'ai conclu en riant.

Et Zoé s'est jointe à mon rire.

– Allez, vas-y avant que ton père « te tue ».

Je suis descendue et j'ai refermé la portière. J'ai regardé la voiture s'éloigner et devenir toujours plus petite. À mon tour de me sentir comme Hal : perdue, désorientée – une extraterrestre au milieu de la réalité.

Et pourtant, pour la première fois de ma vie, j'avais une amie.

13

LA SITUATION SE PRÉCIPITE

Je me suis réveillée en sursaut au beau milieu de la nuit. J'allais appeler mon père quand une main a surgi dans l'obscurité et pressé ma bouche.

Cela m'a terrorisée. Heureusement, j'ai rapidement compris que c'était Zoé. Elle avait tiré ses cheveux en queue-de-cheval.

– Mmmm ! j'ai tenté de protester.

Le doigt posé devant la bouche pour m'intimer de me taire, elle a dit :

– Chut ! Lève-toi !

Je me suis calmée, et elle a retiré sa main. Et mes demandes en rafale ont commencé :

– Mais t'es folle ?! Qu'est-ce que tu fais là ? Comment t'es entrée ? Qu'est-ce qui s'est passé ?

– Chut ! Habille-toi. Hamilcar nous attend en bas.

– Mais… Il est deux heures du matin ! Qu'est-ce que je dis à mon père ?

– Il dort. On trouvera une excuse s'il se réveille avant notre retour. Le plus important, là maintenant, c'est de sauver Darima. C'est cette nuit ou jamais.

– Quoi ?!

Rapide comme l'éclair, j'ai bondi hors du lit. J'ai rassemblé les premiers vêtements qui me tombaient sous la main et me suis précipitée dans l'escalier. Dans la voiture, Zoé m'a tout raconté. L'IAPAC avait retrouvé la trace de Hal. Luke s'en était aperçu en piratant le réseau informatique de l'entreprise. Il nous avait envoyé un message à toutes les deux, mais contrairement à moi qui dors comme une enclume, Zoé l'avait lu.

– Je croyais que Luke n'était pas utile et ne devait pas être impliqué ? je l'ai taquinée.

– J'ai changé d'avis, a admis Zoé, bonne joueuse.

Voilà qu'elle me prenait à contrepied !

– Mais ce n'est pas la question, a-t-elle poursuivi. L'IAPAC est lentement en train de couper les ponts autour de Hal pour pouvoir l'isoler et le capturer.

– Qu'est-ce qu'ils comptent faire de lui ?

– L'éliminer.

J'ai marqué une pause avant de demander :

– Mais alors, que se passera-t-il avec Darima et les autres ?

– Ils mourront.

Ma gorge s'est serrée.

– Tu ne m'avais pas dit que L'IAPAC était comme une sorte de police ? La police est censée protéger les gens !

Elle m'a jeté un regard de guingois.

– Elle les protège tant qu'ils ne la dérangent pas. La priorité de l'IAPAC, c'est de rester secrète. Elle s'accommode de la mort de Darima et des autres. De son point de vue, ce sont des témoins gênants. Bien sûr, elle ne les tuerait jamais directement, mais elle ne va pas se préoccuper de les sauver à tout prix.

– Ne pourrait-on pas effacer le souvenir de ce qui leur est arrivé de leur mémoire ?

– On n'est pas dans un film de science-fiction, Lulu !

Ah bon, sérieux ?

– On fait quoi, alors ?

– Luke maintient encore un pont pour communiquer avec Hal. Mais l'IAPAC est en train d'essayer de le couper. Nous devons exploiter l'heure qui nous reste pour le convaincre de libérer tout le monde avant qu'il ne soit trop tard.

– Je ne veux pas le tuer, j'ai insisté, désemparée, il n'est pas méchant.

– Une chose après l'autre.

Hamilcar s'est arrêté devant une grande villa à trois étages. Luke nous attendait.

– Suis-je la seule à avoir un papa qui ne me laisse pas faire trois pas sans savoir où je vais, quand et avec qui ? Et ta tutrice, Zoé, elle est où ?

– En train de travailler, comme d'hab, a répondu Zoé évasivement.

Comme on sortait de la voiture, Hamilcar nous a lancé :

– Soyez prudentes, je vous en prie.

Il semblait vraiment inquiet. J'ai senti un frisson d'angoisse me parcourir l'échine. Jusqu'à cet instant, on s'était tellement dépêchées que je n'avais pas réfléchi. Mais à présent, je comprenais ce qui nous attendait. Et j'avais peur.

– Tout va bien se passer, j'ai dit, levant le pouce pour mimer l'assurance.

Puis j'ai rejoint les autres. On s'est tous les trois dirigés vers le garage de la villa et on a pénétré dans un long couloir de béton surplombé par des rangées de volets métalliques. Au fond se dessinait une porte que Luke a ouverte à l'aide d'une clé et qui débouchait sur un autre couloir, plus étroit et avec des portes plus petites. Brusquement, j'ai eu le sentiment d'avoir atterri dans un film d'horreur. Je n'aurais pas été surprise de voir débouler un zombie, une hache à la main. À vrai dire, depuis quelques jours, l'hypothèse ne me paraissait plus aussi délirante.

Luke a ouvert une autre porte, révélant une petite pièce qui ressemblait à l'antre du parfait hacker : elle était pleine – que dis-je, débordante – de gadgets informatiques ultra-cools.

– Bienvenue dans mon royaume ! s'est écrié Luke.

Il y avait là deux ordinateurs fixes, trois ordinateurs portables, et tout un tas d'autres trucs que je connaissais de mes livres : des serveurs, trois moniteurs panoramiques soigneusement répartis sur trois bureaux et une chaise ergonomique qui ressemblait au poste de travail d'un pilote. Je ne pensais pas possible de posséder un tel équipement !

Luke a déplié deux chaises pour Zoé et moi.

– Ici, je suis tranquille pour jouer et faire mes trucs.

J'avais peine à me remettre de ma stupeur.

– Tes parents habitent au-dessus ?

Luke a acquiescé.

– Mais ils ont le sommeil lourd.

– C'est bientôt fini, les échanges de politesse ? s'est impatientée Zoé, bras croisés. On a du boulot !

Luke a pris place sur son trône de gamer et s'est tourné vers moi.

– J'imagine que Zoé t'a mise au courant de nos récentes découvertes ?

J'ai approuvé de la tête.

– Hal s'est répliqué sur les serveurs de la ville. Il devait penser que c'était un endroit sûr pour se cacher. Mais l'IAPAC a retrouvé sa trace et mis le site hors service.

Il m'a montré la page d'accueil. Indisponible.

– À mon avis, leur idée est d'encercler Hal et de le piéger dans un disque dur. Je n'ai plus qu'une seule connexion active, qu'ils essaient de saboter par tous les moyens. Nous n'avons plus beaucoup de temps.

– Combien ? a demandé Zoé.

– Une heure max.

Je commençais à me sentir exclue, alors j'ai lancé crânement :

– J'y vais. Je le convaincs et je ressors.

– Non, a protesté Zoé. C'est trop dangereux.

– Je l'ai déjà fait.

– Et ça s'est mal terminé. Très mal, même.

– Pas du tout. C'est toi qui as failli y rester.

– Je suis l'enquêteuse, et tu es ma cliente. C'est moi qui dois y aller.

– Alors, pourquoi venir me chercher en pleine nuit ? Je ne suis pas une simple cliente, ça fait un bail que je ne le suis plus. On forme une équipe, Zoé. Et c'est le moment pour moi d'entrer en scène. J'ai déjà communiqué avec Hal, je pense comprendre comment il fonctionne. Et Luke et toi, vous restez là, prêts à me retirer les écouteurs le moment venu. Une paire de gifles, et je reprends conscience. D'accord, Luke ?

Il a acquiescé, bon gré mal gré.

– J'ai mis au point un programme capable de te localiser sur le Net. Une fois que tu auras convaincu Hal de libérer les otages, et avant que ton séjour virtuel ne s'éternise, je te déconnecterai.

– Et si on la déconnecte trop tard ? a demandé Zoé.

– Ça n'arrivera pas.

Il avait dit cela d'un ton plein d'assurance, mais j'ai perçu le tremblement dans sa voix.

– Cela ne doit pas arriver, a insisté Zoé.

Luke a tenté un sourire, mais ça sonnait faux. L'espace d'un instant, je me suis vue, piégée à jamais sur le Net. Un véritable frisson de terreur m'a secouée. J'avais cependant confiance en Luke et en ses capacités. Et j'ai repensé aux mots que Zoé m'avait dits lorsque nous nous étions lancées dans cette aventure.

– Ça se présente mal… a dit Luke, tout en tapant quelque chose à la vitesse de l'éclair sur son clavier tandis que les chiffres défilaient sur son écran.

J'étais calée en informatique, mais à côté de lui, ce n'était rien. Il évoluait dans une tout autre ligue.

J'ai saisi une paire d'écouteurs branchée sur l'un des ordinateurs.

– Lance MakeMe, j'ai dit.

– On peut dire que t'es déterminée ! m'a-t-il répondu avec un sourire.

J'ai rougi.

– Fais attention à toi, Lulu, a dit Zoé.

– Ne vous inquiétez pas. D'ailleurs, ma sécurité est entre vos mains.

C'est la dernière chose que j'ai dite. Car aussitôt les écouteurs enfilés, tout est devenu noir.

14

IL FAUT SAUVER LE SOLDAT HAL

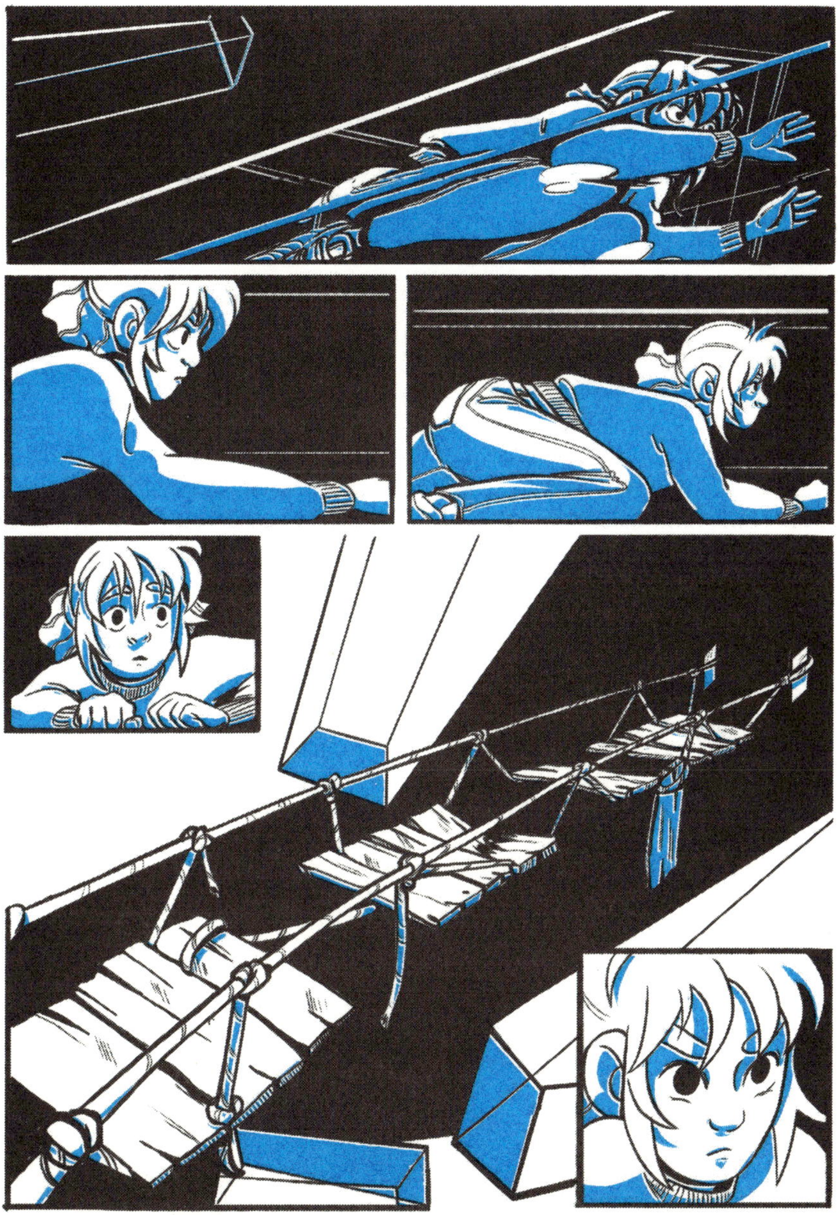

ANF ! ANF !
HAL !
SIGH
HAL ! C'EST TOI ?
HAL !
POURQUOI TU M'AS TRAHI ?
JE NE T'AI PAS TRAHI !
AH NON ? ALORS, QUI M'A ENFERMÉ LÀ-DEDANS ? QUI A DIT AUX AUTRES OÙ ME TROUVER ? JE VAIS MOURIR, ET CE SERA ENTIÈREMENT TA FAUTE !

C'EST L'IAPAC QUI T'A TROUVÉ. JE SUIS VENUE POUR TE SAUVER.
ET COMMENT ?
ON VA FUIR PAR LE PONT.
ILS LE DÉTRUISENT, ON N'Y ARRIVERA PAS.
SI. DE L'AUTRE CÔTÉ, IL Y A MES AMIS. ILS NE ME LAISSERONT PAS MOURIR ICI.
TU PEUX VENIR AVEC MOI ET TE SAUVER, OU RESTER ICI À PLEURER EN ATTENDANT L'ARRIVÉE DE L'IAPAC.
ILS VONT T'ÉLIMINER, TU SAIS ?
JE NE VOULAIS RIEN FAIRE DE MAL. JE VOULAIS SEULEMENT COMPRENDRE, JE LE JURE !
JE SAIS. C'EST POUR ÇA QUE JE VEUX TE SAUVER.
JE SAIS...
TU NE PENSAIS FAIRE DE MAL À PERSONNE.
MAIS...
JE NE LEUR AI RIEN FAIT ! ILS SONT TOUS EN MOI !

OÙ EST DARIMA EN CE MOMENT ? SUR UN LIT D'HÔPITAL, INCAPABLE DE BOUGER. COMME MORTE.
DARIMA EST AVEC MOI.
CE N'EST PAS SA PLACE. ELLE N'EST PAS FAITE POUR RESTER ICI EN TOI. SA PLACE EST DEHORS, DANS LE MONDE RÉEL, COMME MOI.
TU DOIS LES LIBÉRER.
TOUS.
JE NE VOULAIS PAS...
ON Y VA !
BOOOOM

HAL, FAUT FAIRE VITE. ILS ARRIVENT.
JE... JE DOIS FAIRE QUOI ?
LAISSE-LES PARTIR. TOUS.
LE PONT N'AMÈNE QUE VERS MES AMIS.
ENVOIE-LES LÀ-BAS. ILS S'OCCUPERONT D'EUX.

MERCI !
BOOM
FAUT QU'ON Y AILLE.
ON NE VA JAMAIS Y ARRIVER.
SI, IL LE FAUT !

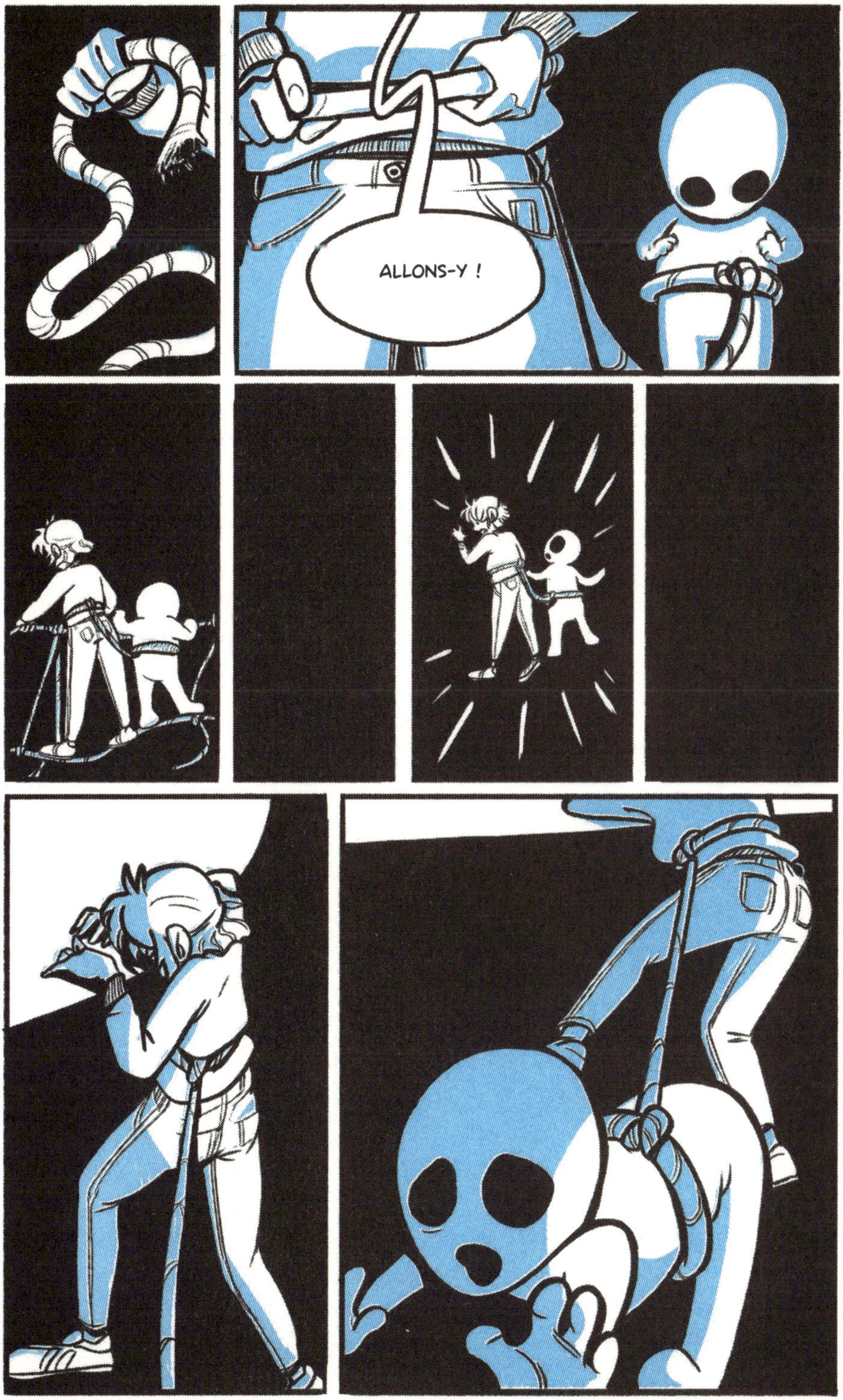
ALLONS-Y !

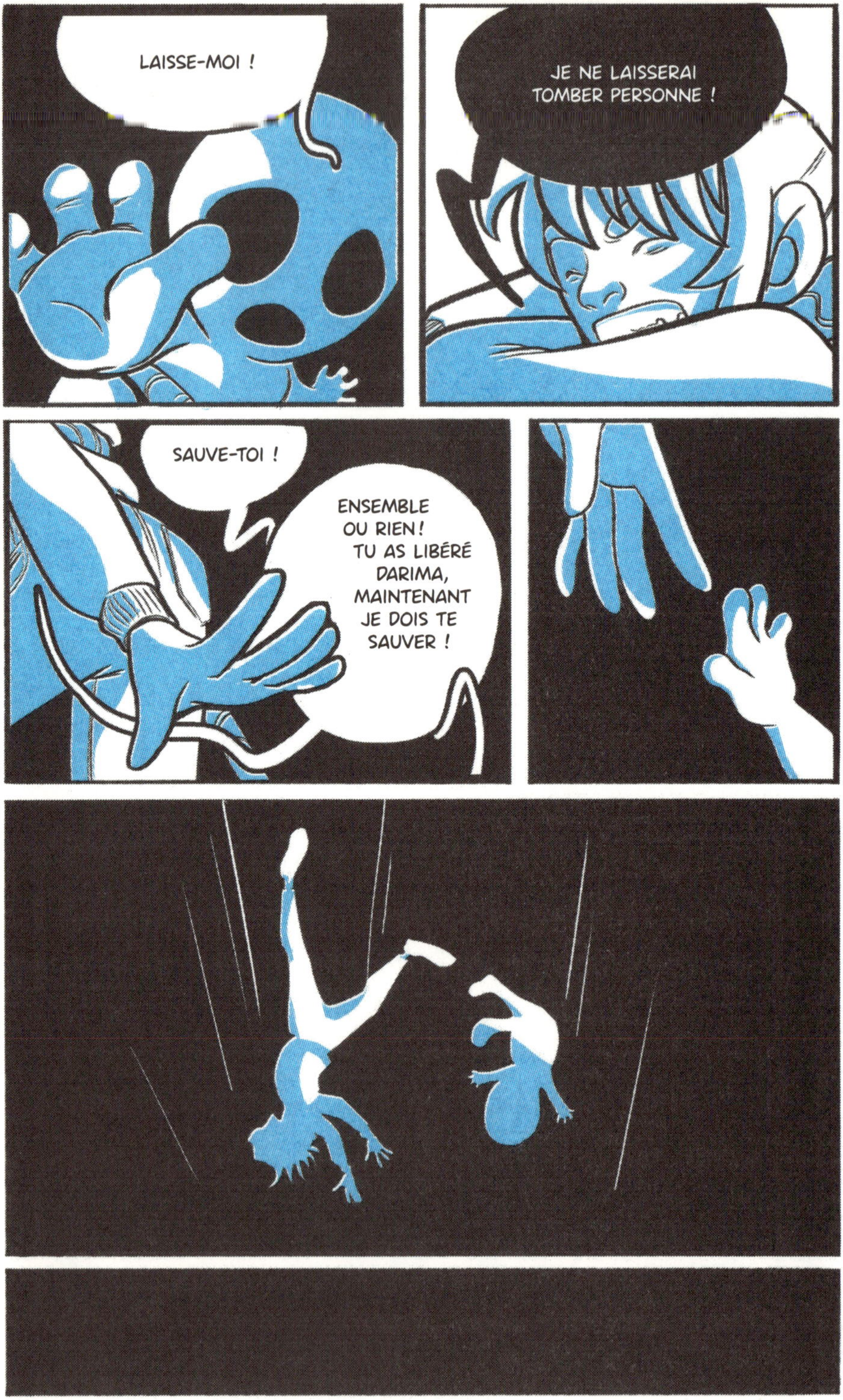
LAISSE-MOI !
JE NE LAISSERAI TOMBER PERSONNE !
SAUVE-TOI !
ENSEMBLE OU RIEN ! TU AS LIBÉRÉ DARIMA, MAINTENANT JE DOIS TE SAUVER !

15

UN SEMBLANT, DE NORMALITÉ

Je me suis réveillée dans mon lit.

La première sensation a été la douceur des couvertures. Pendant un instant, j'ai cru que j'avais tout imaginé. La tête enfouie dans l'oreiller, les événements semblaient tellement absurdes ! J'ai pensé que j'avais fait un long rêve étrange et que la personne dans le coma, c'était moi et non pas Darima. Et puis Luke est entré dans mon champ de vision, avec ses yeux verts et ses boucles ébouriffées.

Je me suis redressée d'un bond.

– Doucement ! m'a-t-il arrêtée.

– Darima et les autres… ils sont sauvés ?

– Oui.

J'ai senti une vague de soulagement, de bonheur, même de fierté. Notre plan avait fonctionné !

Je voulais prendre tout le monde dans mes bras, Luke, Zoé, et…

– Où est Zoé ? j'ai alors demandé, regardant autour de moi.

C'était bien ma chambre, avec toutes mes affaires. Il y avait Luke, mon lit… Mais pas Zoé.

Le visage de Luke s'est assombri.

Et il m'a tout raconté.

À peine MakeMe lancé, je m'étais évanouie comme prévu. Mes amis étaient parvenus à me suivre grâce au programme que Luke avait mis au point.

– On ne te voyait pas bien, m'a-t-il expliqué, mais on comprenait ce que tu étais en train de faire.

Ils m'avaient vue tergiverser alors que le pont entre nous et Hal était en train de se détruire. Ne comprenant pas la raison de mon hésitation, Zoé et Luke avaient tenté de me réveiller – en vain.

Ces minutes décisives ont redéfilé dans mon esprit. J'avais tellement pris à cœur le sort de Hal que j'avais fait de la résistance pour sortir du programme. J'ai tenté d'expliquer la chose à Luke.

– Tu es complètement folle, a-t-il conclu.

J'ai baissé les yeux. De l'extérieur, la chose pouvait paraître incompréhensible. Mais quand je me mets une idée en tête, c'est difficile de me faire changer d'avis.

Luke a poursuivi son récit.

L'IAPAC avait réussi à nous retrouver et détruit le pont. Afin de sécuriser Darima et les autres, Luke avait récupéré le contenu de l'ensemble de la pièce où je me trouvais avec Hal.

– Tu es en train de me dire que Hal et Darima ont fini... dans un disque dur ?

Luke m'a montré une boîte noire logée dans la paume de sa main. J'ai frissonné. Moi-même, j'avais été une succession de codes, une séquence de « uns » et de « zéros » alignés, jetés ici et là – une folie que mon côté rationnel avait beaucoup de mal à accepter mais dont je ne pouvais pas nier la réalité.

En fin de compte, Luke avait éteint tous les appareils de la salle informatique et sécurisé le disque dur.

– Mais... et Zoé ?

Luke m'a dévisagée, gêné. Ses yeux, soudain, sont devenus très tristes.

– Elle nous savait repérés... Elle est restée chez moi.

– Quoi ???

Mon cœur a fait un bond.

En esprit, j'ai vu les scènes qu'il m'a alors rapportées. Zoé lui hurlant de s'en aller avec le disque dur et son précieux contenu, Luke protestant, elle restant seule.

– Mais pourquoi ? j'ai demandé, pleine d'angoisse.

– Pour assumer toute la responsabilité de l'affaire vis-à-vis de l'IAPAC. Sinon, a-t-elle dit, ils seraient remontés jusqu'à moi, et ça aurait été l'enfer. Ce sont ses mots exacts.

– Mais ça n'a aucun sens ! Tu aurais dû l'emmener !

– Parce que tu t'imagines peut-être que je n'ai pas essayé ?!

Il a poursuivi calmement son récit alors que j'étais littéralement hors de moi.

– Si tu y réfléchis bien, tu te rendras compte qu'elle avait raison. Darima, toi et les autres, vous étiez dans le disque dur. Qu'aurait fait l'IAPAC s'ils vous avaient trouvés ? L'un devait vous faire partir au plus vite pendant que l'autre devait chercher à gagner du temps. Et comme c'est moi le spécialiste informatique…

– Mais les gras de L'IAPAC vont la mettre en pièces ! j'ai explosé.

J'ai voulu me lever. Je ne savais pas quoi faire ni où aller, il fallait juste que je bouge. J'étais tellement inquiète que je ne tenais plus en place. Sauf que quand j'ai mis pied à terre en essayant de me lever, j'ai été prise de vertige. Luke a dû me rattraper.

– Tu ne peux rien faire, Lulu. Juste rester ici. Sinon, le sacrifice de Zoé n'aura servi à rien.

– Ce n'est pas juste ! j'ai protesté, les yeux mouillés de larmes.

De sa main, Luke a pressé mon épaule.

– Elle a la peau dure. Et elle sait traiter avec ces gens. Tout ira bien.

Si seulement ! Mon cœur s'est serré dans un étau insupportable. J'ai eu beaucoup de mal à écouter le reste de son histoire.

Une fois parvenu à la maison, Luke avait transféré Hal sur un autre disque dur, puis m'avait fait reprendre mes esprits en lançant MakeMe.

– Il m'a suffi de te mettre les écouteurs et de changer le code du programme. C'est un truc de dingue, LuLu, je te raconterai un jour. Bref, j'ai inversé le processus, et te voilà.

Il était vraiment très fort en informatique !

– Et les autres ? j'ai demandé.

– Ils sont encore dans le premier disque dur, celui avec lequel je vous ai amenés ici. Il faut que je fasse avec eux la même chose que ce que j'ai fait avec toi. C'est un peu laborieux, mais c'est la seule manière de procéder. Il va falloir les libérer un à un. J'étais justement sur le point d'aller voir Darima quand tu t'es réveillée.

– Non. Darima, je m'en charge.

– Je t'ai dit que tu n'étais pas en mesure de…

– C'est à moi de le faire. Elle peut passer une nuit supplémentaire dans le disque dur, non ?

– Je pense, oui, a-t-il dit après un temps de réflexion.

– Alors je m'en charge, j'ai répété avec un sourire fatigué.

C'était la fin de l'histoire, même si ce n'était pas du tout celle que j'avais imaginée. Je voulais m'accorder au moins une petite satisfaction.

– Et Zoé ? j'ai dit dans un souffle.

Luke a haussé les épaules.

– Attendons. Il n'y a rien d'autre à faire.

Attendre. La pire chose.

Le lendemain, c'était comme s'il ne s'était rien passé. Luke était déjà reparti. Quand papa s'est réveillé, il ne s'est aperçu de rien. Quand il m'a vue si triste, j'ai pourtant eu du mal à lui mentir.

– Je pense à Darima, je lui ai dit, la gorge nouée par le sentiment de culpabilité.

J'aurais tellement eu besoin qu'il me réconforte ! Mais je ne pouvais pas lui dire la vérité.

– Je voudrais lui rendre visite, ai-je ajouté.

– Mais bien sûr ma Lucianette ! Je t'y emmène sans attendre après le travail.

Je lui ai fait un sourire plein de gratitude.

Toute la journée, j'ai essayé d'appeler Zoé. Mais son portable est resté désespérément muet. J'ai tenté le fixe. Là non plus, personne n'a répondu. J'ai eu l'impression d'être revenue au temps de notre dispute. Sauf que là, j'avais bien plus de raisons d'être inquiète. Il n'y avait rien que je puisse faire pour Zoé.

Mais je pouvais sauver Darima.

M'introduire dans l'unité de soins intensifs n'a pas été chose facile. J'ai dû détailler mes intentions par le menu, papa se portant garant pour moi. Avec la résignation de ceux qui ont perdu tout espoir, les parents de Darima ont finalement accepté de me laisser entrer.

– Je veux seulement lui faire écouter une chanson, j'ai prétexté, je pense que ça peut lui faire du bien.

Et pour achever de les convaincre, j'ai cité le cas de gens qui étaient sortis du coma grâce à la musique.

J'ai posé les écouteurs sur ses oreilles et lancé UnMakeMe, la version inversée du logiciel de Hal mise au point par Luke. Peu de temps après, le moniteur à côté du lit a émis un bip inhabituel. Lentement, la main de Darima a commencé à se déplacer sur les draps.

Je ne vais pas vous décrire ce qui s'est passé ensuite. L'excitation, l'incrédulité... quelqu'un a même crié au miracle. Les parents de Darima, fous de joie, n'ont pas arrêté de me remercier, les yeux embués de larmes. Daria s'était réveillée, j'avais eu raison, les journalistes voulaient déjà m'interviewer et écrire l'article larmoyant de l'année sur « la musique sauvant la vie ».

Et moi, au milieu de ce tumulte, j'ai esquissé un sourire, simulant une satisfaction que je ne ressentais pas. Certes, Darima était à nouveau parmi nous. Mais j'avais perdu Zoé.

Je n'ai réussi à parler avec Darima que trois jours plus tard. N'ayant pas encore eu de nouvelles de Zoé, j'étais plus abattue que jamais. J'ai fini par confier une semi-vérité à papa, inventant qu'on s'était à nouveau disputées et que je ne l'avais pas vue depuis plusieurs jours.

– Décidément, vous êtes les meilleures amies du monde, a-t-il commenté, attendri.

Et, devant ma mine ahurie, il a expliqué :

– On ne se dispute qu'avec les personnes à qui on tient vraiment. Du moins, c'était comme ça quand j'avais ton âge.

Sur le fond, il avait raison, même si son discours se basait sur un mensonge. Désormais, Zoé était ma meilleure amie. Et je ne voulais la perdre pour rien au monde.

Mais reprenons à la conversation que j'ai eue avec Darima. Je l'ai rencontrée un après-midi ensoleillé. Elle était assise dans son lit d'hôpital et lisait un livre de fantasy. Je lui en avais apporté un autre en cadeau. On a d'abord échangé des banalités. La vérité, c'était qu'on ne s'était jamais parlé face à face. C'était la première fois. Et ça nous mettait mal à l'aise. Zoé avait raison, en fait : l'écran nous séparait, on ne se connaissait pas bien. Daria n'était pas une amie à proprement parler. Je ne comprenais tout cela que maintenant. Car j'avais une vraie amie.

Et puis il y avait le non-dit. Se rappelait-elle le temps passé avec Hal ? Savait-elle que c'était moi qui l'avais sauvée ? Je lui ai demandé ce qu'elle avait éprouvé pendant le coma. D'accord, ce n'était pas une question pleine de délicatesse, mais il fallait bien que j'établisse si elle se rappelait quelque chose ou non. Et puis je vous ai déjà expliqué qu'en termes de rapports sociaux, je suis une vraie quiche.

– J'ai beaucoup rêvé, je crois, a-t-elle répondu. Mais je ne me souviens de rien.

J'ai poussé un soupir de soulagement. Je préférais qu'il en soit ainsi. C'était une histoire entre Zoé, Luke et moi.

On a continué de discuter de tout et de rien. Mais en dehors des jeux en ligne, nous avions très peu de choses en commun. On s'est promis de s'appeler et de se revoir. Mais le cœur n'y était pas vraiment.

J'allais partir quand Daria m'a posé une dernière question.

– C'est quoi, la chanson qui m'a sauvée ?

J'ai baissé le regard, gênée, puis je lui ai simplement dit :

– C'est un secret.

J'ai quitté la pièce, assez triste. Je me sentais seule comme rarement dans ma vie. Papa m'attendait au bar. Tête basse, j'ai pris les escaliers pour le rejoindre, quand j'ai bousculé une personne qui montait en sens inverse. Une silhouette mince et minuscule.

– Pardon, j'ai dit automatiquement.

Et j'ai relevé la tête. Et suis restée pétrifiée.

– Salut, Lulu ! a dit Zoé.

16

ZOÉ & LULU INVESTIGATIONS

J'ai sauté à son cou et l'ai serrée dans mes bras de toutes mes forces. À cet instant, j'ai pris conscience qu'elle m'avait vraiment manqué.

– Tu m'étouffes... a-t-elle dit doucement.

J'ai relâché mon étreinte, légèrement rougissante.

– Excuse-moi, j'ai dit, la voix enrouée d'émotion, mais j'ai eu tellement peur de te perdre ! Qu'est-ce qui t'est arrivé ? Ils t'ont fait mal ?

Zoé a balayé les environs du regard.

– Ce n'est pas le bon endroit pour parler.

On est descendues au bar. Papa avait engagé la conversation avec un type au comptoir. J'ai rapidement identifié qu'il s'agissait de l'un de ces mauvais gars sur lesquels mon père a coutume de tomber (j'ai arrêté de compter le nombre de fois où il a eu le cœur brisé par des hommes. Pourtant, c'est toujours écrit en gros sur leur front : *Je ne suis absolument pas fiable. Disons-le : je suis un salaud.* Or, le blond à qui il souriait rêveusement ne faisait pas exception à la règle).

Je savais que j'aurais dû l'entraîner loin du type. Mais j'avais tellement hâte de parler à Zoé que, pour une fois, je n'étais pas mécontente qu'il soit occupé. Quand il nous a vues, papa s'est cependant redressé en prenant son air de parent responsable. Peut-être ma présence suffirait-elle à provoquer la fuite du blondinet ?

– Zoé ! s'est exclamé papa, je suis content de te revoir ! Comment ça va ?

– Bien. Lulu et moi, on s'était un peu perdues, mais on s'est retrouvées.

– Eh oui… les escarmouches entre meilleures amies !

Il m'a adressé un clin d'œil.

– C'est ça, j'ai dit. D'ailleurs, on a besoin d'éclaircir deux, trois choses. D'accord, papa ?

J'ai souligné le dernier mot en jetant un regard en biais en direction du blondinet.

J'ai vu l'inconnu se raidir. Je ne m'étais pas trompée, une fois de plus.

J'ai entraîné Zoé dans la cour. On s'est assises sur un banc. Zoé a posé ses pieds sur le siège et ses fesses sur le dossier et j'ai pris place à côté d'elle. Au milieu de l'agitation des patients, des visiteurs et des médecins, personne ne nous prêtait attention.

Il y a eu un petit silence embarrassé qu'elle a fini par rompre.

– Darima va bien ?

J'ai hoché la tête avec ardeur.

– Grâce à toi.

– C'est toi qui l'as sauvée.

– Sans toi, je n'aurais jamais réussi.

– On peut savoir pourquoi tu ne sortais plus de ce maudit ordinateur ? m'a-t-elle demandé.

Je le lui ai expliqué, mais elle n'a pas paru convaincue.

– J'avais promis à Hal de le sauver. Lui avait tenu parole, je devais faire pareil. Il n'est pas méchant.

– Tu répètes la même chose depuis qu'on l'a rencontré.

– Pour moi, gentil ou méchant, ça fait une grosse différence, j'ai murmuré.

Puis, prenant mon courage à deux mains, je lui ai posé la question qui me brûlait les lèvres depuis plusieurs jours :

– Zoé… pourquoi ?

Cette fois, c'est elle qui a rougi.

– C'était mieux comme ça.

– Je croyais qu'on formait une équipe, je croyais qu'on devait tout affronter ensemble.

– L'IAPAC, c'est moi que ça regarde. Et uniquement moi. Je gère.

– Ils t'ont fait du mal ? je lui ai demandé, la gorge nouée.

Zoé avait beau être saine et sauve, je m'attendais à ce que l'un de ces hommes en noir surgisse à l'improviste et l'emporte à nouveau loin de moi. Peut-être était-ce notre dernière entrevue…

– Absolument pas, a-t-elle dit, les traits tirés.

– Dis-moi la vérité, j'ai insisté.

Et c'est ce qu'elle a fait.

Les agents avaient fait une descente armée dans le repaire de Luke. Tandis qu'une partie de l'IAPAC vérifiait tous les ordinateurs, l'autre avait emmené Zoé au siège de l'IAPAC et l'avait enfermée dans une pièce entièrement blanche, avec un énorme miroir sur l'un des murs.

– Comme dans les films américains, j'ai dramatisé.

Elle a ri.

– Plus ou moins. Je suis restée là pendant une heure, seule, probablement espionnée, les mains attachées à la table par une paire de menottes. C'est alors que Marina est entrée. « Cette fois-ci, tu es dans le pétrin », elle m'a dit. J'avais interféré dans leur opération, ce n'était plus un jeu, etc. Je lui ai répondu que ça ne l'avait jamais été pour moi non plus. Que je connaissais les peines encourues pour ce que j'avais fait. Que je savais que Marina avait essayé par tous les moyens de me tenir en dehors de tout ça, de me couvrir... Mais que je ne le lui avais jamais demandé.

– Et comment tu t'en es sortie à la fin ?

Zoé s'est légèrement détendue.

– Tu veux savoir ce qu'elle a dit exactement ? Que j'avais une tête bien faite mais vissée au corps d'une fille dépourvue de tout respect, que je ne semblais pas comprendre les conséquences de mes gestes, qu'elle ne pourrait pas me sauver la mise chaque fois... Un discours que j'ai déjà entendu des milliards de fois. Puis elle m'a demandé où se trouvait le programme. Je lui ai dit qu'on l'avait effacé. Si ça se trouve, ce n'était même pas un mensonge…

Je suis restée muette, et elle m'a souri d'un air complice.

– Ensuite, elle m'a interrogée sur les personnes que Hal avait tenues en otage. Elle avait peur qu'ils ébruitent tout. Je ne sais pas comment j'ai fait, mais j'ai réussi à la convaincre de faire passer tout ça pour un rêve, une vision irréelle. Après tout, ces personnes sont restées dans le coma pendant des semaines par la faute de l'IAPAC.

– Et ils t'ont laissée partir ? j'ai demandé, de plus en plus fascinée par son histoire.

Zoé a soupiré.

– Marina m'a dit qu'ils n'allaient pas ouvrir une enquête sur mon compte, mais seulement pour deux raisons. La première : je suis mineure. La seconde : ma tutrice, qui se porte garante pour moi.

J'ai poussé un soupir de soulagement.

– Donc tout va bien ?

– Presque.

Zoé a pouffé de rire.

– Catherine m'a donné une punition.

– C'est-à-dire ?

– Deux semaines confinée à la maison. Je ne pourrai même pas aller à l'école. Histoire d'éviter les « mauvaises influences ».

Elle a levé les yeux au ciel.

– Mais alors, comment tu as fait pour venir jusqu'ici ?

Du menton, elle a indiqué le bout du parc. J'ai vu Hamilcar, immobile comme une statue.

– Heureusement, ma tutrice n'est jamais à la maison. Et Hamilcar m'a autorisé cette dernière sortie avant le confinement.

Nous nous sommes regardées un long moment. J'ai senti un frisson de tristesse me parcourir l'échine. C'était donc fini, notre aventure ?

– Merci pour tout ce que tu as fait, je lui ai dit d'une voix tremblante.

– Je n'ai rien fait du tout, a souligné Zoé, le regard rivé devant elle. C'est toi qui m'as sauvé la vie, celle de Darima et des autres. Tu as même sauvé Hal.

J'ai rougi.

– Mais la détective, c'est toi. Tu as guidé mes pas.

Je l'ai entendue rire sous cape.

– Jusqu'ici, j'ai toujours tout fait seule. Les

affaires ont toujours été à ma portée. Mais cette fois… même ce Luke en savait plus que moi. Sans lui, je n'aurais pas pigé grand-chose.

– Au contraire ! C'est toi qui as été formidable ! Tu as tout compris tout de suite, tu as élaboré une stratégie, et tu as pris un risque personnel pour que Luke et moi ne soyons pas mêlés à tout ça.

Zoé s'est enfin tournée vers moi, un vague sourire flottant sur ses lèvres.

– Tu essaies de me convaincre que je n'ai pas besoin de toi, ou quoi ?

Et d'un coup, j'ai compris.

– Zoé, je… j'ai balbutié.

Elle ne m'a pas laissée finir. Elle a sauté du banc et s'est postée devant moi, les mains enfoncées dans les poches de son jean, mais avec une expression très sérieuse sur le visage.

– Je suis en train de te demander de t'associer à moi, espèce de nouille. Tu veux bien devenir mon assistante ?

– Moi ?

– Bah oui, toi.

J'ai sauté du banc et l'ai serrée dans mes bras, comme je l'avais déjà fait moins d'une heure auparavant. Soudain, j'ai compris le sens de notre

ZOE & LULU!
INVESTIGATIONS
CO

présence à toutes les deux dans cette cour, sur ce banc. J'avais peur de ne plus revoir Zoé, je pensais que c'était la fin de tout. En réalité, ce n'était que le début.

– On commence quand ?

UN NOUVEL AMI

On s'est lancées sans plus attendre. Enfin… Au bout des deux semaines de confinement, bien sûr. Mais on s'est énormément parlé durant cette période, travaillant déjà à ce qui allait devenir « Zoé & LuLu Investigations ». Comme je l'ai dit, le nom a été la dernière chose sur laquelle nous nous sommes accordées. Mais après tout, si ça marche bien entre nous, c'est justement parce qu'on est si différentes l'une de l'autre. C'est ennuyeux, les gens qui se ressemblent en tout point, pas vrai ?

Pendant ces deux semaines, j'ai été pas mal occupée.

Luke avait laissé un disque dur sur mon bureau. J'ai compris ce que cela signifiait : il me laissait le choix, c'était à moi de décider ce que je devais faire avec Hal.

J'ai déconnecté l'ordinateur d'Internet, juste au cas où. J'ai inséré la clé USB et, les mains tremblantes, j'ai lancé MakeMe. Les ventilateurs de mon Mac se sont mis à grincer comme si l'ordinateur portable allait décoller, tandis que l'utilisation du CPU montait en flèche. Le curseur du chat, lui, clignotait désolément, sans composer un mot.

> Hal ? j'ai écrit.

Peut-être Luke l'avait-il effacé pour de bon ?

J'allais tout éteindre, quand…

> :(

J'ai bondi sur ma chaise.

> Hal, c'est moi ! Lucia ! Tu es là, alors ? Ça me fait tellement plaisir !

> Je meurs d'ennui ici… c'est tout petit, je n'arrive pas à penser correctement, je fonctionne mal…

Bien sûr. Il était passé des serveurs de l'IAPAC et de la ville à mon misérable Mac.

Attends un peu…

> Vous voulez me désactiver ?

> Absolument pas ! je me suis hâtée d'écrire.

> On est amis, non ? :)

> :)

J'ai attendu quelques secondes. J'en arrivais à la partie difficile.

> Tu dois me promettre quelque chose.

Il a fait une petite pause.

> Quoi ?

> Que tu ne prendras plus jamais personne en otage.

Il s'est passé quelques minutes, et j'ai pris peur. Qu'est-ce que je ferais si jamais il refusait ?

> Non. J'ai compris. Vraiment :)

Je me suis détendue sur ma chaise.

> Promis ?

> Promis !

Mon pouls battait la chamade, mais je l'ai fait. J'ai réactivé la connexion au réseau. Hal a compris instantanément.

> Je peux… je peux vraiment y aller ?

> Je te fais confiance, Hal. Ne me le fais pas regretter.

Les ventilateurs de mon ordinateur ont commencé à ralentir alors que Hal s'en allait dans l'immensité du monde…

> On se reverra ? j'ai écrit.

> J'en suis sûr.

L'AUTRICE

Licia Troisi est née en 1980. Son premier livre, elle l'a écrit à l'âge de 7 ans. Il s'agissait d'un recueil de contes de fées. En grandissant, le besoin de raconter des histoires est resté… et, en 2004, elle a publié son premier roman. Son œuvre la plus connue est une série de fantasy, *Chroniques du monde émergé*. Elle est aussi l'autrice d'autres sagas fantastiques, comme *La Fille Dragon* ou *Les Royaumes de Nashira*. Elle a même écrit un livre d'astronomie ! En effet, Licia Troisi est aussi astronome… Comme Lucia, l'héroïne des *Enquêtes de l'impossible*, elle adore les sciences et la BD !

L'ILLUSTRATRICE

Ilaria Palleschi est née en 1989 et dessine depuis toujours. Sa toute première BD, *Nina, quel malaise !*, est d'ailleurs parue en 2018 en Italie. Pour ce livre, elle a imaginé l'histoire, l'a écrite et dessinée. Car Ilaria écrit aussi beaucoup. Elle aime inventer des histoires, et travaille sur une deuxième BD. *Les Enquêtes de l'impossible* est la première série de romans pour la jeunesse qu'elle a illustrée.

LA TRADUCTRICE

Née en 1976, Isabelle Enderlein est diplômée de Sciences Po Paris et titulaire d'un doctorat en littérature comparée de l'université Humboldt de Berlin. Elle vit et travaille depuis plus de vingt ans en Allemagne, mais elle a également passé du temps aux États-Unis et en Italie. Lectrice et traductrice depuis l'allemand et l'italien, elle travaille beaucoup en littérature jeunesse, son domaine de prédilection. Depuis 2011, elle est membre du jury du Prix franco-allemand pour la littérature jeunesse.

EUROPE CRÉATIVE

Par le programme Europe Créative, l'Union Européenne renforce son action en faveur de la culture et de la création. Le volet MÉDIA d'Europe Créative concerne les secteurs du cinéma et de l'audiovisuel. Son volet CULTURE veut soutenir, de manière privilégiée et par la coopération, la création d'œuvres européennes, le renforcement de la dimension économique, sociale et extérieure des secteurs culturels et créatifs européens. Il décerne des prix et développe des actions ciblées. Europe Créative accorde ses subsides par des appels à projets, qui couvrent tous les secteurs culturels, y compris le livre. Contenus et procédures de sélection sont gérés par l'EACEA, l'Agence Exécutive Education Culture Audiovisuel.
Le programme CULTURE accorde un soutien sectoriel au livre et à l'édition, aux artistes et aux professionnels.
La publication de cet ouvrage a été cofinancée par le programme CULTURE de l'EACEA.

PAPIER A BASE DE FIBRES CERTIFIÉES

RAGEOT s'engage pour l'environnement en réduisant l'empreinte carbone de ses livres. Celle de cet exemplaire est de :
450 g éq. CO_2
Rendez-vous sur www.rageot-durable.fr

Achevé d'imprimer en France en septembre 2022
par Normandie Roto Impression s.a.s. (Alençon)
Couverture imprimée par Boutaux (Le Theil-sur-Huisne)
Dépôt légal : octobre 2022
N° d'édition : 7684-01
N° d'impression : 2204116